「あなたなら聖女に
ロゼリア
辺境のイルベル村育ちの修道女。
偉業を為した女性の称号である
『聖女』に憧れている。

「――あら、信者さん？」
アッシュ
オロレア教会の牧師だが、
実はカイルと同じく
執行人としての顔も持つ。
レミア・
ウィンフォード
オロレア教会の看板シスター。
上品に振る舞うが、
ときに勝ち気な性格から
暴走することも。

ロゼがあんぐりと口を開き、
天を仰ぐのもむべなるかなだ。
七色の陽を浴びながら、
厳かな燭台を横目に、
高級そうな赤絨毯の上を歩く。
そうして祭壇前に来たあたりで突然、
祭壇右手側にある扉がガチャリ、と開かれた。
「わあ……すごい、綺麗……」

カイル
暗殺組織、執行議会
『オルウォード』所属の執行人。
イルベル村教会に牧師として
身を潜めることに。
いや、俺がさせてみせます」

# 見習い聖女の先導者

秋原タク

角川スニーカー文庫

23644

# CONTENTS

design work:寺田鷹樹　illustration:瑞色来夏

# プロローグ ◆ 謀略の夜

prologue

▼▼

ダウロン帝国の皇帝が暗殺されたのは、薄笑いの三日月が浮かぶ夜だった。

七十二歳を迎えたばかりだった。寝室のベッドに横たわる老体は、首を真っ二つに切断されている。シルク素材の寝具には赤黒い血がおびただしく広がっていた。凄惨な現場に相反して、その寝顔はひどく穏やかだった。

それだけではない。寝室を臨むバルコニーでは、皇帝の警護担当である近衛兵の男が、主君の死を弔うようにして首を吊っていた。

優秀な近衛兵だった。数ヶ月前の国際会議でも、突然なんのアポもなく皇帝に近づこうとした隣国の司教を羽交い絞めにして、会議場から追い出していた。その翌日から、彼は毎日、聖地の警備もはじめていた。帝国を第一に思う、忠誠心の強い男だった。

夜風が吹き、縄がギチギチと悲鳴をあげて揺れる。踏み台に使用した椅子が倒れていた。

縄の位置が高いから、つま先立ちで首をかけたのか。壁際には甲冑と長剣が置かれている。

重みで縄が切れないように脱いだのか。太い首周りに抵抗したような傷は見られない。自殺で間違いないようだった。

そして――揺れる近衛兵の足元には、血まみれの短剣が転がっていた。

体内の魔力が感応する。短剣には付与魔術が込められているようだった。このご時世に『魔術武器』とは、なんとも古風である。

短剣の柄には、鷹を模したレリーフが刻まれていた。

それは、隣国のアルート王国に広がる宗教――ファリス教を象徴するものだった。

一見すると、近衛兵が謀反を起こし、短剣で皇帝を暗殺後、自責の念に駆られ自殺……といったストーリーが思い浮かぶ。

しかし。寝室に集まった、教皇率いる聖職者たちはちがった。ファリス教と魔術武器。そのふたつの証拠を目にし、一様にある人物を連想した。

『罪人殺しの悪魔』――

ファリス教が生み出した怪物。現世の悪魔。古くさい魔術をあつかい、骨董品とも揶揄される魔術武器を使用し続ける、最強最悪の『執行人』。彼の執行を邪魔した者は、罪人問わず殺されるという、絶望の権化。

そんな寓話めいた噂が、先の国際会議以降、まことしやかに囁かれていた。

教皇たちは、血塗られた短剣を目にし、その噂の執行人を想起したのだ。

「……ファリス教の悪魔が、皇帝を暗殺した？」

教皇が思わず口にした途端、バルコニー正面の樹々が、ガサガサ、と音を立てた。葉を落として、夜空をなにかが飛び去っていく。どうやら鳥のようだ。

視線を戻し、教皇たちは唖然と、血塗られた短剣を見つめる。

短剣が本物かはわからない。教皇を含め、帝国の聖職者たちはまだ噂でしかその存在を知らない。当の悪魔の顔も、名前も知らない。

仮の話。酔狂にも、近衛兵が罪人殺しの悪魔のファンで、噂に沿って短剣を特注させた可能性もある。あげようと思えば、無実の可能性はいくらでもあがる。

だがそれは、奴への嫌疑が晴れる理由にはならない。

「直接、話を聞かなければなるまい。罪人殺しの悪魔に」

自然と、教皇の右手に力が込められる。

帝都の熱気冷めやらぬ晩秋。
皇帝陛下生誕祭の日の出来事だった。

chapter 01

# 第一章 ✥ 悪魔の契約

救われようとせず、救う努力をしなさい。

そうしてはじめて、あなたは救われる。

（ファリス・ライン／『治癒の聖女』、ファリス教始祖）

□□

アルート王国南部に広がる、鬱蒼(うっそう)とした森を歩き続けること、およそ四時間。

視界が開けるとともに、小さな集落が目の前に現れた。

辺境の村、イルベルだ。

ようやく着いた。達成感と疲労感に足を止め、ため息をひとつ。あともうすこしだ、と気合を入れるようにバッグを持ち直して、村に足を踏み入れる。

すると。やけに澄んだ空気が肺を満たした。

不純物が存在しない、生命力に満ちた空気だ。

（大気中の魔力も若干薄いような……気のせいか？）

魔力の流れに異常は見られない。となると、問題は俺か。都心（ウオシュルム）での生活が長かったせいで、肉体が綺麗（きれい）な空気に過剰反応しているのかもしれない。

そう結論付けて、俺は牧歌的な道を進んだ。

「あれま、牧師さんでねえか！　こんな田舎（いなか）に珍しい！」

途中。農作業をしている村人たちが俺に気づき、笑顔で話しかけてきた。

警戒心のない、ともすれば純朴な子どものような村人たちだった。祭服を着ているというだけで、赤の他人である俺を心から信じ切っている。思えば、王都の民も似たような反応だった。もしかしたら俺は殺人鬼かもしれないのに、そんな可能性を誰ひとりとして考慮していない。

無垢（むく）な信頼、無償の愛。

そんな、論理的ではない信者たちの思考が、信仰が、俺は苦手だった。

愛想笑いを浮かべ、適当に十字を切って祝福を授けると、俺は足早にその場を後にする。

何年経（た）っても、やはり聖職者の仕事は慣れない。

神とかいう胡散くさい存在を信じることができれば、すこしは慣れるのだろうか。


程なくして、赤レンガの古びた教会が見えてきた。目的地だ。

王都の大聖堂とは比べるべくもないが、一応教会の体は為していた。

開け放たれた扉から礼拝堂に入る。パッと見、いるはずの聖職者の姿は見当たらない。

(宿舎にいるのだろうか?)

などと考えていると、ふと、小さな寝息が聴こえてきた。

祭壇横の壁際に設置されている、懺悔室からだ。

懺悔室にはふたつの部屋があり、小窓を仕切りに、それぞれ聖職者と信者が入れるようになっている。寝息が聴こえてきたのは、聖職者用の部屋からだった。

静かに歩み寄り、半開きになっていた扉をそっと開いて、部屋の中を確認する。

「スゥ……スゥ……」

そこには、ひとりの若い修道女がいた。

小窓の下の肘置きに両腕を置き、突っ伏した姿勢で眠っている。

突っ伏しているのでわかりにくいが、おそらく身長は150センチほど。ナレグ法王から渡された資料によると、年齢は十五歳。俺のふたつ下だ。まつげは長く唇は薄い。人形のような整った顔立ちだ。修道服でも隠せない豊満な胸が重力に従って垂れている。秋晴れの陽光が、ベールから伸びる少女の透き通った長い金髪を照らしていた。

（……なんというか）

あまり、こういった世俗的なことは考えたくないのだが。

素直に、綺麗だな、と思った。

幸せな夢でも見ているのか。少女の笑っているような口端には、ヨダレが垂れていた。

熟睡中だった。

このまま寝かせてやりたいところだが、待ち続けるわけにもいかない。

申し訳なさを覚えながらも、バッグを礼拝堂の床に置き、寝息に合わせて上下する細い肩を叩く。

「……ふぇあ？」

間抜けな声をもらして、少女がゆっくりと身体を起こした。

寝ぼけ眼を数回瞬かせて、ようやく自分が眠っていたことに気づいたのだろう。

少女は「ああッ！」と大声をあげて、慌てて正面の小窓に向き直った。

姿勢を正し、ヨダレを乱暴に拭って、祈りのポーズを取りはじめる。

「す、すみません！　主よ、聖なる七人の女神よ。どうかこの者の懺悔をお聞きください
――あ、あれ？　扉が開いて……」

「お休み中のところ申し訳ありません」

少女の視線が扉の外に向けられたところで、俺は頭を下げた。

「王都から来た者です。派遣通知を報せる書簡は、届いていましたでしょうか？　数日前には届いていたはずなのですが」

「……え、あ……王都、から…………――あ、あああああッ!?」

突如。寝起きとは思えない絶叫をあげると、少女はわたわたと慌てながら立ち上がり、ピン、と綺麗に背筋を伸ばした。隊長に叱られた新兵のようだ。

「あ、あなたが、王都から来た牧師さんッ!?」

「はい」

「わあ、へえ……これが、本物の王都のひと……」

「そこまで珍しいものではないと思いますが……」

「あ……えへへ、そうですね。そうかもです」

ひどく人懐っこい笑みを浮かべて、「さておき」と少女は続けた。

「お見苦しいところを見せてしまって、すみません。お出迎えのために待っていたんです

けど、その、お日様が暖かくて、つい……」

「たしかに、今日はいい天気ですからね。お昼寝しても仕方ないです」

「ああ、本当はもっと、王都のひとに相応しいお出迎えをする予定だったのに……」

それはそれで気になるお出迎えだ。

「あの、いまさらになってしまうんですが……あらためまして、ようこそおいでください
ました。長旅でお疲れではないですか？」

仕切り直しと言わんばかりの少女の問いかけを耳に、俺は無理やり笑顔をたたえて。

「ええ、大丈夫です。自然豊かな景色を楽しめました。ああ、皮肉などではなく」

「それはよかったです――あれ？」

ふと、少女の視線が床上のバッグに向けられる。

開いたバッグ口から、牛革のケースに収められた予備の仕事道具が顔を覗かせていた。

柄に鷹のレリーフが刻まれた短剣だ。

「わあ、綺麗な柄のナイフ。狩りでもされるのですか？　それとも護身用？」

「……どちらも、ですかね」

「そうなんですね。でも、この辺りは危険な獣もいませんし、狩りも村のみなさんがして
くださいますから、使う機会はあまりないと思いますよ？」

「それは頼もしい」

「ああっと、すみません！　話がそれちゃいました。まずは宿舎へ案内……の前に、私の自己紹介をしないとですよね！」

コロコロと表情を変え、こほん、と咳払いをひとつ。

少女はこちらに右手を差し出して。

「はじめまして。私はロゼリアと言いま……、す………ッ」

ぐぅー、とタイミングよく、太陽に届かんばかりの大きな腹の音を響かせたのだった。

（昼食も摂らずに、俺を待っていてくれたのか）

ここで感謝を述べると、腹の音を聞かせてくれてありがとう、といった変態的な意味に取られかねないので、ただ微笑みながら小さな手を握り返す。

腹の音を聞かれたことが恥ずかしいのか。少女の顔は真っ赤に茹だってしまっていた。

「カイルと言います。姓はありません。気軽にカイルとお呼びください」

「あ……わ、私のこともロゼと……村のみんなも、そう呼んでいますので」

「わかりました、ロゼさん」

これからよろしくお願いします、と、いつもの張りついた笑みとともに挨拶をする。

ロゼリアことロゼもまた、どこか不思議そうに俺の顔を見つめながら、握手を交わす。

こうして俺は、このアルート王国の運命を変える少女と出会った。

■

イルベルに向かう一週間前。

王都ウォシュルムの大聖堂内にある執務室で、ファリス教のトップ――ナレグ法王は、俺の対面のソファに座るなり、こう切り出した。

「カイル。すまないが、本日付けで中央教会の執行人を辞めてもらう。正確には左遷だ。きみには別の土地で牧師をしてもらう。執行（本業）のことは、すこし忘れてね」

突然の宣告で戸惑ったが、しばらくの間を置き、なぜだ、と疑問を投げることができた。

「ねえ、カイル。執行人とはなんだい？」

真剣な声音での、唐突な問いかけ。質問の意図は読めないが、考えるまでもない。

赦（ゆる）されざる罪を裁く者だ、と俺は即答した。

「その通り――執行議会『オルウォード』。数百年前に設立された、法では裁けない悪を葬る極秘裏の暗殺機関。きみたち執行人は、その機関に属する暗殺者だ。教会で聖職者に擬態しながら執行の刃を研ぐ、闇の住人だ」

それで？　と俺は話を促した。

孤児だった俺は、執行人の師匠に拾われ、執行議会の駒として育てられた。いまさら、成り立ちを教わるまでもない。

「つまりね？　執行人は目立ってはいけない存在だってことさ。その存在を知るのは執行議会か教会の上位階級聖職者だけ……まあ、きみのお師匠さんのように、大魔術師として表舞台で功績をあげた執行人であれば話は別だよ？　あそこまでいけば、良くも悪くも、表舞台での功績がそのまま執行人の評価につながってしまう。表裏一体というか、なんというか。でも、そんなのは例外中の例外で、基本的に執行人は、極秘裏の存在でなければならない——その点、最近のきみはすこし光を浴びすぎている」

光を浴びすぎている？

どういう意味だ、と問いただす前に、法王は答えた。

「『罪人殺しの悪魔』——カイルにつけられた異名だよ。数ヶ月前の国際会議以降、執行議会の存在を知る者たちの中で、きみの噂が広がりはじめたんだ。ほかにも、現世の悪魔だの絶望の権化だの、行きすぎた二つ名まで広まっている。おまけに」

法王の視線が俺の胸元、短剣を潜ませている場所に向けられる。

「魔術武器の存在までバレてしまっている。『処刑魔術』の存在まではバレていないが、このまま放置すれば噂は世間に流れ、一般人までもが罪人殺しの悪魔を知ることになる。そうなれば必然、悪党も対抗策を用意し、執行成功率は下がることになるだろう。これがどれほど危険な事態か、カイルならわかるだろ？」

執行人に失敗は許されない――執行議会の信条のひとつだ。

失敗した執行人は、執行議会の評判を下げた不良品として処分される。だからこそ執行人は、俺のような使い捨てやすい孤児が選ばれる。

執行成功率低下はそのまま命の危機に直結する……なるほど、噂と言えど危険な兆候だ。

顔をあげると、法王は本棚を見つめていた。なぜ本棚を？

「いや、すまない。ネズミが出てないか心配でね――ともあれ、だから、その噂が収まるまで、カイルにはひっそりと暮らしてほしいのさ。噂が収まったらまた中央教会に戻ってきてくれてかまわない。これを機に、執行人以外の新たな人生を楽しむのもアリだ。どうするかは、きみの自由だよ。執行尽くめの人生も虚しいだろうしね」

余計なお世話だ、と俺は悪態をつく。

師匠に拾われたときから俺の身体も、心も、人生も、執行議会のために存在している。いまさら別の人生など、考えられるはずもない。

「どこまでも執行人だね。まあ、好きにするといいさ。なにが起きても、臨機応変に動くといい——そうそう。左遷先はアルート王国南の森林にあるイルベルという村だ。なにかを隠すのには打ってつけの辺境だよ。本当にね。出立日時などの詳細は追って連絡する」

わかった、と言い残して、俺は早々にソファから立ち上がる。

噂が収まるまで、となると最低でも一年は要するだろうか。長い隠遁生活になりそうだ。

「カイル」

執務室を出る間際、ナレグ法王が声をかけてきた。

「数日前、ダウロン帝国の十六代皇帝が亡くなられた、という話は？」

もちろん聞いている、と俺は返した。

報道によれば、七十二歳を祝う生誕祭の夜に、寝室のベッドで亡くなっていたのだとか。

死因は、衰弱死らしい。

ジオルーフ教のトップ、アハマ・カガール教皇が、帝都内の放送を使って弔辞を述べただけで、どうしてか国葬は行われなかったそうだ。

そんな誰でも知っている情報を口にすると、法王は俺をじっと見つめたあと「そうか。よかった」と微笑み目じりを下げた。よかった？

「いやなに。きちんと世の情報をキャッチできてるのかと思ってね。視えてはいたけど、確認したかったのさ。よかったよかった。カイルが世事に疎くなくて」

それこそ余計なお世話だ、と、俺は執務室のドアノブに手をかける。

「大事な短剣。もう、失くさないようにね」

扉を開けた直後。法王のそんな忠告が、俺の耳朶を叩いた。

ほんの数日前。まさしく、ダウロン帝国の皇帝が亡くなるすこし前に、中央教会宿舎の自室から予備の短剣が一本、姿を消していた。

オリジナルの処刑魔術を付与した魔術武器で、俺以外はあつかえない代物だ。盗まれたとは考えにくいが……予備のものだからと、いまのいままで気にしていなかった。

だからこのときも、法王の言葉の意味を探りもせず、俺は無言で執務室を後にしていた。

余計なお世話だ、とも言わずに。

□

そんな経緯を経て。

イルベルに隠遁生活をしに来た俺は、ロゼとの初対面を済ませたあと、教会横の宿舎を案内されていた。

すぐにでも昼食にしたいだろうに。奉仕精神の強い子だ。

「――案内は以上になります。なにかご質問はありますか？」

案内を終え礼拝堂に戻ってくると、ロゼはそう訊ねてきた。

各部屋の場所も覚えた。細かいルールも問題ない。

ただ、気になる点がひとつ。

「すみません、大したことではないのですが……一点だけ」

「はい、なんなりと」

「俺の部屋とロゼさんの部屋が隣同士なのは、大丈夫なのでしょうか？」

出会ったばかりの男を隣室に住まわせるのはどうなのか？

別に少女の心配をしているわけではなく、ただ単純に疑問に思ってしまったのだ。

「大丈夫？　……ああ！　えへへ。お気遣いありがとうございます。でも大丈夫ですよ」

「大丈夫ですか」

「はい！　私、耳はいいんですけど、子どもの頃から村人のみなさんのイビキは聴き慣れていますので、カイルさんひとりのイビキ程度で起こされることはないかと！　なので、安心してスヤスヤしてくださいっ！」

「いや、ちが……」

「それよりカイルさん！　もうお昼も半ばですがお腹は空いていませんか？　空いてます

よね？　空いてると思うので昼食にしたほうがいいと思うんです迅速にッ！」

やけに声量を上げて、早口で提案してくるロゼ。

なるほど、またお腹が鳴りそうなのか。

イビキをかくと思われたままなのはアレだが、仕方ない。

「そうですね。俺も空いてきたところでした。丁寧な案内、ありがとうございました」

「いえとんでもないですもしなにか訊(き)きたいことがあったらいつでも質問してくださいねこれからよろしくお願いしますそれじゃあ昼食の用意してきますねまたあとでー！」

話も途中に、ロゼは修道服のスカートの裾を両手でつまみ、豪快に食堂へと駆け出した。

さながら風のようだった。

勢いでベールが飛び、またも礼拝堂の床に落ちる。

呆(あき)れながら、ベールを拾う。執行人の日常とは程遠い生活を送れそうだ。

昼食後、村人に呼ばれ台所や照明の修理を手伝った。十五年ほど前から動力切れを起こしていたらしい。目立った故障は見られなかったので、軽い点検程度しかできなかった。

気づけば夕方。茜空(あかねぞら)の下を歩いて教会に戻ると、宿舎の裏手に向かおうとしているロゼを見かけた。小さな両手に、たくさんの薪を抱えている。

「あ、カイルさん！　お疲れさまです」

「お疲れさまです。手伝いますよ」

「いえそんな、これくらい私ひとりで……あ」

「こっちですよね」

半ば奪うように薪を抱えて、宿舎裏手に歩みを進める。

背後をついてくるロゼが、小声で「ありがとうございます」とつぶやいた。感謝されることじゃない。聞こえないフリをして話題を移す。

「この薪は、いったいなにに使うんですか？」

台所の火も照明も、すべて魔力で事足りる。先ほど修理した村人の家の台所も照明も、自然界に存在する魔力を動力源とするオールドタイプの器具だった。ここの宿舎もそうだ。薪を使うところなんて、どこにもないはずだが。

「ああ、えっと」

小走りで俺の隣に並ぶと、ロゼは当たり前のことのように言った。

「それは、お風呂にくべるための薪なんです」

「……風呂に、くべる？」

「はい。宿舎のお風呂は薪で焚いているので。ほら、あそこです」

ロゼが指差した先には、壁に埋め込まれている窯があった。ここの風呂は薪風呂だったのか。案内されたときは中から確認しただけだったから気づけなかった。

「風情があっていいいんですけど……えへへ、ちょっと大変なんですよね」

「それは、そうでしょうね。火起こしからとなると……」

この世界はいま、『鉱魔産業革命』の最中にある。

異質な魔力が込められた『鉱異石』という鉱石を、あらゆる生活基盤に組み込む動きだ。

これにより、文明は加速度的に発展した。二年前に会ったガジェット好きの知人によると、『鉱魔導車』と呼ばれる移動車両までもが作られる予定なのだとか。

都心では鉱異石を利用した全自動の風呂もある。薪風呂なんて、自然主義でもない限り面倒でやっていられないだろう。

「ああ、いえ。それもそうなんですけど……その、もっと根本的な部分で大変というか」

「根本的？」

「……私、魔術が使えないんです。だから、いつも火種となる火の魔術は村のひとたちにお願いしていて」

えへへ、と力なく笑うロゼを前に、俺はすこしだけ驚く。

魔術とは、誰もが会得できる基本技術だ。この世から魔力がなくならない以上、すべての人間があつかえる。老若男女、誰でも使用できる術だ。

現代でこそ鉱異石を利用した『鉱魔術』に追いやられ、児戯だと揶揄される技術だが、教育機関ではいまだ必修科目として学ばせている。魔術が使えないということは、呼吸ができないということに等しい。そんな人間が存在するのか？

「ロゼさん。試しに一度、火の魔術を使ってみてくれませんか？　この窯に向けて」

窯の蓋を開き、薪を並べて用意する。好奇心が、俺の身体を動かしていた。

そんな俺を、ロゼは「むぅ」と恨みがましそうに見つめる。

「カイルさん、見かけによらず意地悪さんなんですね。意地悪カイルさんです」

「意地悪カイルさんではないです――本当に、一度だけでいいですから。お願いします」

「……笑いません？」

「笑いません」

「思い出し笑いも？　ご飯食べてるときに思い出して『ブハッ！』ってしません？」

「ご飯食べてるときに思い出して『ブハッ！』ともしないです」

「じ、じゃあ、一度だけ……一度だけですからね？」

渋々といった様子で、ロゼが窯の前に立った。

両手をかざし、目をつむり、息を吸う。

本来であればここで、大気中の魔力が体内を循環し、脳内でイメージした魔術の『色』に染まっていく。今回であれば火だ。その色を想起した瞬間、魔力は熱を持ち両手に集中する。そして、あふれ出すように放たれたソレは、酸素を餌に暴れる火炎となる。

魔術はイメージだ。想像することができれば、誰でもあつかえる。

しかし。

ロゼの両手からは、火どころか、ただの魔力すら放たれることはなかった。

「あ、あはは……ほらね？　村のみんなに何度も教えてもらっていっぱい練習したのに、どうしてもうまくいかないんです。私には、魔術の才能がないんですね……」

「ありえない、いい」

牧師を演じることも忘れて、俺は思わずロゼに詰め寄っていた。

「え、あの、か、カイルさん……？」

「すみません。もう一度チャレンジしてみてくれませんか？　お願いします」

「は、はい」

戸惑いながら、ロゼがもう一度、窯に手をかざす。

ロゼが息を吸ったのを見て、俺はすかさず自身の眼球に【魔凝視（サーチ）】を付与した。

魔力の流れを視る初歩的な魔術だ。これで、体内を循環する魔力も見逃さない。

「ああ、やっぱダメです……」

ロゼが落胆の声とともに手を下ろす。

やはり、火は放たれなかった。

どころか、ロゼの体内には、あるはずの魔力が一切存在していなかった。

言葉を失う。呼吸をする以上……大気中の魔力を吸う以上、人間の体内には少なからず魔力が残る。にもかかわらず、ロゼの口から吸い込まれた魔力は跡形もなく散っていた。

まるで、ロゼの身体(からだ)が魔力を分解しているようでもあった。

「な、なにかわかりましたか？　カイルさん」

「……質問があります」

「え、あ、はい」

緊張で背筋を伸ばすロゼを【魔凝視(サーチ)】で注視しながら、俺は問う。

「魔術が使えない原因に、なにか心当たりは？　誰か、第三者に魔術をかけられたことがあるとか。身体に直接、おかしな術式を書かれたとか」

「？　いいえ、特にそういった覚えはないですけど」

「そうですか……」

皮膚に【解消魔術】という魔術を消去する術式を刻めば、似た現象が起こせなくもない。しかし、それでは魔力が分解されることに説明がつかない。【解消魔術】はあくまで魔術を消去する魔術だ。魔力まで消すものではない。

(となると、この現象の原因はいったいなんだ？)

外的要因ではないとすると、内的要因。

まさか、ロゼ自身の能力か？

生まれつき魔力貯蔵量が多かったり、属性魔術にだけ長けている人間は存在する。だが、魔力まで消し去る能力持ちなんて、見たことも聞いたこともない。前代未聞だ。

興味が尽きない。わからない。

おもしろい。

師匠にはじめて魔術を教わったときのような高揚感が湧き上がる。

そうして。我を忘れて考察に没頭していると、ロゼがもじもじと身をよじりはじめた。

「あ、あのー……カイルさん？」

「すみません、いまほかの可能性を考えていますので、ちょっと」

「いえ、その、そんなに間近で見られちゃうと、さすがに恥ずかしいかなあ……なんて」

「え？　――あ」

そこでようやく、俺は自分の失態に気づく。

手を伸ばせば抱きつけてしまえそうな近距離にロゼがいた。困惑した表情で、上目遣いにこちらを見上げてきている。息がかからないようにしているのか、呼吸はすこし浅い。どうしたらいいのか、どうすればいいのか、こちらに判断を任せているようでもあった。

不意に視線が交差し、少女は「あ……」と慌てて顔を伏せた。

「えへへ……目、合っちゃいましたね」

瞬間。俺はすぐさま後ずさり、詰め寄っていた距離を空けて、小さく咳払いをする。

動揺したわけではない。したわけではないが、念のために短い深呼吸で精神を安定させ、いつもの牧師然とした態度に切り替えると、俺は無理やり苦笑してみせた。

「あはは、つい夢中になってしまって。申し訳ありません」

「い、いえいえ。ちょっとビックリはしましたけど……でも、そっか、えへへ。やっと、カイルさんと『はじめまして』できましたね！」

「……？　えっと、それはどういう」

「秘密です！　さあて、ちゃっちゃとお風呂を焚いちゃって、広場に向かいましょう！今日は村のみんながカイルさんの歓迎会を開いてくれるそうですから！」

というこことでお願いします！　と平身低頭、薪への着火を頼み込んでくるロゼ。

俺は思わず口端を緩ませる。

作った笑いじゃない、自分でも驚くくらい素の反応だった。

（……おもしろい子だ）

そんなことを考えながら、俺はパチンと指を弾き、薪に火をくべた。

□

夜。村の広場へ向かうと、煌々と燃えさかる焚き火を囲い、村人たちが料理の下ごしらえをしていた。猪の丸焼きや鶏のからあげ、ジャガイモのスープにサラダ、酒などが広場のテーブルに並べられている。王の生誕祭もかくやといった豪華さだ。

「イルベルに新しい家族、牧師カイルが加わったことを祝して、乾杯！」

村長の音頭とともに、村人たちがジョッキを掲げた。俺は木製のジョッキに口をつけず、よそ行きの薄い笑みを浮かべて突っ立っていた。

早く終われ、と心の中で願う。

他人を祝う催し事ならまだしも、自分に関することとなると途端に居心地が悪くなる。

昔からそうだった。師匠に誕生日を祝われたときも（俺を拾った日を勝手に誕生日に認定された）、俺は早く訓練に戻りたくて仕方なかった。

きっと俺は、自分のことがそんなに好きではないのだろう。

こんな自分を祝ってなんのメリットがあるのか？　そう、論理的に考えてしまうのだ。

「牧師さん！　これからよろしくな！」

「ええ、よろしくお願いいします」

「牧師さん、昼間は点検してくれてありがとね。この年になるともう、機械とかわからなくってねえ。ロゼちゃんも苦手みたいで、お手上げだったのよ。本当に助かったわ」

「とんでもないです。もしなにかあったら、またお呼びください」

「牧師さん、あんた身体細すぎないか？　もっと食え食え！」

「ありがとうございます。たくさんいただきますね」

「牧師さん、楽しんでるかい？」

群がる村人たちを見回し、俺はニッコリと微笑（ほほえ）んで答えた。

「はい、楽しんでます」

こんな俺のための歓迎会なんて、早く終わってしまえ。

その後も、料理を口にする暇もなく質問攻めに遭った。焚き火から離れた場所にある長椅子に避難できたのは、乾杯からおおよそ三十分後のことだった。

真っ赤な明かりが村人たちの影を伸ばしていた。夕闇の空に談笑が木霊する。背後の森からは涼しげな虫の大合唱。宴を祝うかのようにパチッ、と焚き木が爆ぜた。

これまでの人生ではじめて体験する、緩やかで、穏やかで。

なによりも、退屈な時間だった。

「こんばんは」

弾む声とともに、ロゼがやってきた。ベールはかぶっておらず、綺麗な金髪が炎の光に透けている。今日のシスター業は終了という意味だろう。

「お隣、座ってもいいですか？」

「ええ、もちろん」

笑顔で応えて横にズレると、ロゼは「わーい」と嬉々として椅子に腰を下ろした。

なんの用だろうか？　俺と同じように、休憩しに来たのだろうか？

「私、がんばりますから」

しばらくして、意を決するようにロゼが言った。真剣な声音だった。

「カイルさん、村に着いてからずっと不満そうでしたから。さっき村のみんなと話してた

「————」

ときもそう。いまもそう。無理やり笑顔を作って、笑い声も作りものって、笑ってるけど、ずっとずっと楽しくなさそうでした」

「――――」

「でも、さっきはそうじゃなかったじゃないですか。私が魔術を使えないと知ったときは、呆れちゃってただけかもしれないですけど、すごく楽しそうにしてました。だから、これからはそんな素のカイルさんをいっぱい出せるように、私、がんばりますから！」

〝――やっと、カイルさんと『はじめまして』できましたね――〟

あれは、素の俺に会えたという意味だったのか。

否定はしなかった。

なぜか、ロゼの前では嘘を突き通せないと、本能が察していた。

強敵と対峙し、逃げられないと悟った瞬間の、諦めにも似た感覚に近い。

（……ロゼには、本質を見抜く力があるのかもしれない）

シスターという職は、だから、少女にとって天職と云えるのかもしれなかった。

「私ね？　ふたつ夢があるんです」

閉口する俺から視線を切り、夜空を見上げながらロゼは語る。

「ひとつは、王都に行くこと。この目で本物の都会を見てみたいんです。子どもの頃からの憧れで——そしてもうひとつは、聖女になること」

「……聖女、ですか」

「はい。たくさんのひとを笑顔にして、癒して、救える存在になりたいんです。それこそ、『七天聖女』さまみたいに……えへへ、ちょっと高望みしすぎかもしれませんけど」

はぐらかすように笑うロゼの瞳は、しかし、真剣そのものだった。

聖女は概念だ。聖女育成学校に通って資格をゲット……なんて、チープでわかりやすい目標や条件があるわけではない。なりたいと望んでなれるものでもない。

聖女とは、『気づいたら現れているもの』だ。

七天聖女のひとり、ファリス教の始祖と呼ばれているファリス・ラインはその昔、数多の戦場で負傷者たちを癒し、結果的に『治癒の聖女』と呼ばれるようになった。

そんな存在に、伝説と呼んでもそん色ない救世主になりたいと、ロゼは願っている。

「……ロゼさんならなれますよ、きっと」

そう言って、偽って、俺はロゼの顔を見ずに立ち上がった。

ほんのわずかな間を置いて、背後から「えへへ」と、どこか切なげな笑いが聴こえた。

「ありがとうございます、カイルさん。だから私、がんばりますね」

ロゼはいま、俺の背中をジッと見つめていることだろう。偽ることを赦さないあの瞳で。

背中越しに会釈を残して、俺は宿舎への夜道を逃げるように歩き出した。

□

イルベルに来て三日が経った。

穏やかで、停滞したような日々だった。

中央教会にいたとき、執行任務は絶えず舞い込んできていた。この村では一件の任務も来ないことだろう。

それは平和の証でもあり、退屈の極みでもあった。

人を殺したいわけではない。執行人として生きることが……執行議会の駒であることが、俺の日常だっただけだ。

誰かの刃になってこそ、俺は『カイル』でいられたのだ。

（こんな生活を、最低でも一年……？）

突然。筆舌に尽くしがたい焦燥感が、ムカデのように背筋を這う。

これからのなにもない日々を思うと、気がおかしくなりそうだった。

執行人としてしか生きてこなかった俺が、一年間も執行任務から離れる？

最初こそ、ちょっとしたバカンス程度だろうと思っていた今回の左遷が、まるで島流しの刑かのように思えてきた。

穏やかな村の空気が、俺を窒息させる猛毒に挿げ替わる。

俺は武器だ。執行議会の刃だ。

誰かに使われて、はじめてその真価を見出せる。

卑屈でもなんでもなく、本来の俺は無価値そのものだ。

武器でいなければ。

任務をしなければ。

価値を得なければ。

執行任務がなければ、俺は何者でもなくなってしまう。

(だが、この村でどうやって執行任務を……)

宿舎の裏手。薪を補充しながらそんなことを考えていると、近場で落ち葉を掃いていたロゼが不意に訊ねてきた。

「あの……気を悪くされたら申し訳ないんですけど」

「はい?」

「カイルさん、以前の自己紹介のときに『姓はない』と仰ってましたが、それって……」

「ああ、孤児なんですよ。俺」

　わずかに息を呑む音が聴こえた。気にせず、俺は続ける。

「中央教会の前に捨てられていた赤子の俺を師――いや、法王さまが拾ってくださったんです。なので、両親の顔も名前も知らないんです」

「そうだったんですね……辛いお話をさせてしまってすみません。でも……それじゃあ、私と同じだったんですね」

「同じ？」

「私も捨て子だったんですよ。村のみんなの話では、村近くの川に赤ん坊の私が捨てられていたそうです。ロゼリアっていう名前も、村のみんなが考えてつけてくれたもので」

「そうだったんですね……それは、たしかに同じですね」

「えへへ。はい、同じです」

　家族同然の村人たちがこんなにもいるのに、恵まれているのに、無価値な自分となにが同じものか。

　このときばかりは、すこし卑屈な思考になってしまっていた。

なんでもない日常が終わるのは、いつも唐突である。

この日の夜は、それを痛感することとなった。

「それじゃあ、おやすみなさい。カイルさん」

「はい、おやすみなさい」

夕飯も風呂も済ませたあと。宿舎の廊下でロゼと別れ、俺は自室に戻った。

明かりを消してベッドに入る。ああ、今日も退屈な一日が終わる。意識を眠りの奥底に沈ませようとした――そのときだった。

シャットダウンしかけた脳みそが、異質な殺意を感知した。

「――、ッ！」

布団を撥(は)ねのけ、ベッドから飛び出た。枕元の短剣を手に取り、窓の外を【魔凝視(サーチ)】で睨(にら)みつける。数百メートル先の森に、三つの魔力の塊が突っ立っているのが見えた。

（野生の獣、ではない）

獣の体内にも魔力はあるが、あそこまで溜(た)まりはしない。あれは人間特有のものだ。

祭服を着、手にした短剣そのままに、自室の扉を開けた。

静まり返った暗い廊下。魔力を足裏に放出して緩衝材(クッション)にし、足音を消しながら外に出る。

ロゼの耳がいい、という申告は事実で、昨日の昼前にも俺の小さな腹の音を聞き取って

「えへん、これでおあいこです」などとドヤ顔を見せつけてきていた。

なぜ得意げな顔をされたのかはいまだにわからない。わからない……。

なので、屋外に出てもしばらくは足音を消して動いた。

その後、宿舎が見えなくなったあたりで魔力を解除し、全速力で森を駆ける。

退屈な眠気は消えていた。

執行人としての懐かしい日常の鼓動（リズム）が、俺を突き動かす。

知らず、俺の顔は笑っていた。

そうして、殺意の元凶にたどり着く。

（――いた）

青白い月光が差すぽっかりと開けた空間に、三人の人間が亡霊のように立っていた。

三人が三人とも、足首まで隠れる黒いローブを着ていた。顔を隠すように、真っ黒な袋状の布をかぶっている。肩幅から推察するに全員男性か。

三人の両手には、小ぶりのナイフが紐（ひも）でぐるぐる巻きにした状態で固定されていた。

「夜分にすみません、ここでなにを？」

短剣を腰の後ろに忍ばせたまま三人の前に出て、俺は端的に訊ねた。

森に迷った、おかしな変装好きであってほしかった。そうすればなにもしなくて済む。

けれど――その願いは叶(かな)わなかった。

質問した途端。三人が同時に、無言でこちらに向かって走り出したのだ。

六本のナイフが襲いかかる。前が見えていないはずなのに、的確に俺を狙ってきていた。

布の下で【魔凝視(サーチ)】を使い、俺の魔力を追っているのだろうか。

殺意が強すぎる手合いは復讐心(ふくしゅうしん)も強い。痛めつけた程度では諦めない。

今後、イルベルに手を出す恐れもある。

リスクを冒すことになるが、ここで、この場で処分するしかない。

「恨むなよ」

六筋のナイフの斬撃を避(よ)けた後、三人の脇を縫うようにして、背後に回る。

スゥ、と一息の呼吸を挟むと、俺は短剣に付与されている処刑魔術を解放した。

短剣が鍔元(つばもと)から青く灯(とも)り、ほとばしる魔力の刀身がにゅるにゅると伸びていく。

できあがったのは、剣(つるぎ)の鞭(むち)。

処刑魔術、第三懲罰形態【鞭罪(ウィップ)】――あらゆるものを分断する、裁きの鞭だ。

処刑魔術は、特別な能力でも才能でもない。基礎的な魔術式を重ねて、応用しただけの凡庸な魔術だった。師匠を打ち倒すために編み出した、努力の結晶だ。

師匠曰(いわ)く『百の魔術式を重ねている時点できみは異質なんよ』とのことだが……化け物

級の実力を有する師匠に言われても、なんだかピンと来なかった。

そんな平凡な魔術武器を、三人が振り向く直前、遠心力を利用して横なぎに払った。

蛇のようにしなる刃の一閃。

擦れる金属音が鳴ったあと、ズルッ、と三人の首が遅れて上下に切断された。

三つの頭部が転がり落ちる。

次いで、胴体がゆっくりと倒れ伏した。

三人の傷口から出血はない。切断すると同時、刃に付与されている治癒魔術が、傷口を塞いだからだ。一時的な治癒だが、二時間程度は出血を防ぐことができる。こうすることで現場を汚さずに済み、ひいては死体の発見を遅らせることが可能になる。

「執行完了」

任務ではないけれど、いつもの癖でつぶやいて処刑魔術を解除。

短剣を仕舞い、転がる頭部のひとつに歩み寄る。

執行後はしかと生死を確認する。執行人の常識だ。

その場に屈み、首の傷口の塞ぎ具合を確認したあと、かぶっていた黒布をはぎ取った。

「ッ、……!?」

思わず息を吞む。

月明かりにさらされた男性の頭――その目と口が、幾本もの糸で厳重に、何重にも縫いつけられていた。

元は白かったであろう糸が、血で赤黒く滲んでいる。口は歯茎まで、目元の糸は眼球にまで糸が縫われているのだろう。目じりから頬にかけて、血の跡が涙のように伸びている。見ると、耳にも出血が見られた。鼓膜が破れているようだ。

（死んではいる。死んではいるが……）

唖然としながら立ち上がり、黒布を手にしたまま、三つの死体を見やる。

コイツらの目的は……いや、ちがう。

コイツらを操った首謀者の目的は、いったいなんだ？

目も口も耳も潰す変装なんて、聞いたことがない。そもそも、縫われた糸もそうだが、三人全員の両手にナイフが固定されている時点で、『四人目』が存在することは明白だ。

では、この三人はなぜこんな森の中に、こんな夜中に送り込まれた？　あの異質な殺気は誰に向けられたものだった？　『四人目』の目的は？

（……気味が悪いな）

眉をひそめたまま、念のため、手に持った黒布を回収する。

『アイツ』に鑑定を依頼すれば、首謀者を突き止めることができるかもしれない。

次いで、死体を焼却処分するため、俺は足元の頭部の髪を鷲掴むようにして持つ。

きっと、それがスイッチだった。

「——え？」

途端。手に持った頭が、周りに転がる死体が、プクゥ、と風船のようにふくれだした。

と同時に、首の傷口から魔力がこぼれはじめた。こんな膨大な量の魔力、先ほどまでは死体に残っていなかったはずなのに。

この不可思議な現象を前にして平然としていられるほど、俺は鈍感な人間ではない。

「クッ！」

言い知れぬ危機を察知し、手にした頭部を慌てて放り投げ、両腕で顔をガードした。

直後。昼間かと思うほどの閃光が走り、耳をつんざく爆発音とともに三人の死体が一斉に爆発した。

至近距離からの爆風を受け、数メートル後方まで紙きれのように吹き飛ばされる。

数秒の滞空後、樹に背中を強く打ちつけ、一瞬呼吸を忘れた。

「ガッ、……」

ズルズル、とその場に尻餅をつき、息を整えながら、爆心地を見る。

ドラゴンを思わせる激しい火炎がうねり、轟々と森を焼いていた。

死体は跡形も残っていない。焼却処分は必要なさそうだ。

（やってくれたな、『鉱魔術師』……）

この、不可思議で滅茶苦茶で、魔術では到底説明できない現象を、俺は知っている。

鉱魔術。

鉱異石に込められた異質な魔力を媒介にして顕現される、『異能力』のことだ。

鉱魔術は、魔力を動力源としているために魔術と名付けられてはいるが、正確には異能に分類される。そのためか、鉱魔術をあつかえる者も適正を持った者に限られる。また、論理的に説明ができる魔術に対し、鉱魔術はひどく感覚的で、一切の説明が不可能だった。

魔術は、１の魔力で１の魔術を引き起こす。

だが鉱魔術は、１の魔力が込められた鉱異石で、10や１００もの異能を顕現することができる。果ては、１がＡという別物に変貌するケースもある。

けれど、それがなぜそこまで倍増（変貌）するかは説明ができない。鉱魔術師本人も、感覚では理解しているが、その理屈まではわかっていないことがほとんどだ。

今回のコレは、『爆発』の異能。

他者が触れた瞬間、触れた人間の体内の魔力を着火剤にし、三人の身体が爆発するようセットされていたのだろう。

まさに異能。

ゆえに説明不可能。

そんな鉱魔術のことが、まるで魔術を嘲るような異能の存在が、俺は苦手だった。

（恨み節は後だ）

焦燥に駆られながら立ち上がり、俺はイルベルへ向けて走り出す。

爆発後。イルベルの方角から、三人が有していたものと同じあの異質な殺意を、少なくとも、十数個感知していたからだ。

□

森を疾駆する最中、爆発音が連続して轟いた。殺意の数が残酷に減る。

嫌な予感に背を押されたまま村に戻ると、炎に包まれたイルベルが俺を待ち受けていた。

家屋は爆発で吹き飛び、田畑は火の海になっている。

これでは生存者はひとりも……と諦めかけたところで、ふと気づく。

家の中に、死体の気配がない。

死体にも魔力は数時間は残る。それが一切感知できない。

（すでに避難している？）

思い至った瞬間、俺はこの村でもっとも避難に適した場所――教会へ向けて走り出した。

ハッキリ言って、村人たちの生死はどうでもよかった。

ただ、ロゼが生きているかどうか、それだけを知りたかった。

遠くの爆発音を聞き村人たちが自主的に避難した可能性もあるが、耳の遠い老人もいる。

おそらくは、耳のいいロゼが爆発音で飛び起き、いち早く避難誘導を開始したのだろう。

その推測は正しかった。

教会へ続く道に不気味な人影がいた。先ほどの三人と同じ格好をした爆弾人間だ。

数にして、六人。

いままさに教会に逃げ込もうとしている老人とロゼを追いかけている。

（生きていた）

安堵したのもつかの間、一番後方の爆弾人間が、まばゆい閃光と爆音をあげて爆発した。

誰にも触れられていない。もちろん俺もなにもしていない。

草地を走りながら突然、なんの前触れもなく爆発四散した。

これは、俺と対峙した感知式ではない。

（コイツら、時限式か……！）

すでに十体近く爆発しているにもかかわらず、村人が全員無事なのはそのためだろう。

『四人目』は、他者という着火剤が触れてこないケースも想定していたのだ。

(間に合え……！)

脚部に魔力を込め、走りを加速させながら短剣を取り出す。

残り十メートル。

「早く、早く入って！」

ロゼが声を張り上げた。身を挺して最後の老人を教会の中に押し込む。

しかし、ロゼ自身の避難は間に合わない。教会の扉を閉めたあと背後の亡霊たちを振り向き、教会を……村人を守るようにして両腕を広げた。

残った爆弾人間が迫りくる。すると、五体の爆弾人間がプクゥ、と一斉にふくれはじめた。

五人がかぶる黒布の隙間から魔力がこぼれだす。爆発直前の予兆だ。

残り五メートル。

「間に、合えッ！」

思わず口にし、全速力で駆けながら、一か八かで処刑魔術を発動。

短剣の柄を強く握り締め、投擲するようにして五本の【鞭罪】を伸ばした。

殺すだけなら十メートル離れていても可能だが、それではロゼが死体の爆発で死ぬことになる。罪のない一般人を見殺しにするわけにはいかない。

五人の爆弾人間に鞭を巻きつかせ、後方へ放り投げる必要があった。

だが、距離が延びるほど一本一本の強度は下がる。

強度を得るためには、より近づく必要がある。

（この距離、この強度では不確実だが、賭けてみるしかない！）

魔力の鞭が伸び、爆弾人間たちの胴体にパシィン！　と絡みついた。

力任せに柄を引っ張る。だが、ヨロめく程度で、放り投げるにはやはり強度が足りない。

爆発寸前と言わんばかりに、爆弾人間たちの肉体が急激に肥大した。

間に合わない。

諦めかけたそのときに、奇跡は起きた。

「――絶対に、死なせないッ!!」

両腕を広げたまま、ロゼが震え声で叫んだ、瞬間。

爆弾人間たちの肥大がピタリと止まったかと思うと、豈図（あにはか）らんや、ふくれた身体が時間が逆行するようにしてしぼみはじめた。それだけではない。

彼らに巻きつけた五本の【鞭罪（ウィップ）】までもが、跡形もなく消失していた。

「なッ、……!?」

思わず短剣を見る。短剣に付与されている処刑魔術の魔力残量が空っぽになっていた。

自身の体内にも魔力が残されていない。大気中にあるはずの魔力も一切ない。

この一帯の魔力が、すべて分解されてしまっている。

（これは、この能力はまさか……）

怖ろしい可能性に気づくとともに、執行人としての未来(これから)を見出(みいだ)した、直後。

トサッ、と。

俺が握っていたはずの短剣が、足元の草地に落ちた。

「……え？」

思わず声をもらす。自分で自分の行動がわからない。

いま、どうして俺は短剣を手放した？

突然、握力がなくなってしまったかのように——戦う気力そのものが消え失(き)せ(う)てしまったかのように、俺の手は無意識に短剣を落としていた。

理解が追いつかないまま短剣を拾いあげ、両手で落とさぬよう、しっかり握る。

すると、爆弾人間たちがロゼの前を離れだした。

五人が五人とも、ウロウロと不安定かつ不規則な動きを見せている。

「ウゥ……、アウゥアァ……、イゥ……ア……ッ！」

五人が一斉に唸り声をあげた。苦しそうにもがいているようであり、なにかを訴えているようでもあった。

そこで俺は現状を……排除しなければならない存在を再認識し、短剣を握りなおした。

消失していた戦意が、メラメラと胸中に甦る。

五人からはもうあの異質な殺意は感じないが、またいつ爆発するかもわからない。

残りの距離を疾走し、しかと殺意を込めて、五人全員の首を短剣で斬り落とした。

飛び散る鮮血が頬にかかる。魔術を使用しない処刑は久しぶりだった。

無論、ロゼから遠ざけるようにして死体を蹴り飛ばしておくことも忘れない。

処刑後。周囲を見回し、もう爆弾人間がいないことを確認してから、ロゼの下に向かう。

「大丈夫ですか？　ロゼさん」

「え、あ、はい……あの、カイルさん、それ……」

ロゼの困惑した瞳が、血塗られた短剣に向けられる。

爆弾人間に襲われたことと同じくらい、俺が人を殺したことが信じられないのだろう。

俺は「ああ」と答え、短剣の血を払うと、なんでもないことのように言った。

「はじめて会ったとき、お話ししたじゃないですか。狩りと護身用だって」

「そ、それは……でも、牧師さんなのに、そんな……」

「それよりも、ロゼさん」

気づけば俺は、ロゼの手を取り、熱に浮かされたかのように訊(たず)ねていた。

「聖女に、なりたくないですか？」

「……え？」

「あなたなら聖女になれる――いや、俺がさせてみせます」

ロゼは、本来あるはずのない、聖女になるための資格を有している。

魔術だろうが鉱魔術だろうが、術の動力源である魔力から分解、消失させてしまう能力。

『無効化』の能力――

魔術を消す【解消魔術(イレイズ)】とはわけがちがう。どの魔術書にも載っていない能力だ。

この村の空気は、やけに澄んでいた。むべなるかな。大気中に発生する汚れた魔力を、ロゼが無効化(除去)していたのだから。

村人の魔力器具が十五年前から動力切れを起こしていたというのも、ロゼの無効化の能力が原因なのだろう。

聖女に相応(ふさわ)しい能力(資格)だ。チープでわかりやすい。

わかりやすいからこそ――利用しやすい。

ロゼを聖女に仕立て上げれば、俺の執行人としての評価は跳ね上がる。

師匠と同じ理屈だ。師匠は、大魔術師としての功績がそのまま執行人の評価に反映された。表舞台での隠し切れない功績が、裏世界での評価までをも押し上げたのだ。

たとえ話、表の世界で有名だった拳闘士が、裏世界の賭博試合に参加したらどうなる？　拳闘士時代の実績を買われ、賭け率（オッズ）は盤石なものになることだろう。

それと同様に、表で聖女を仕立て上げた功績を作れば、俺の裏世界での執行人としての評価は上がることになる、という寸法だ。

無論、ナレグ法王の言う通り、例外中の例外だ。そう起きる事象じゃない。けれど、ロゼの能力は、まさに例外中の例外だ。そうは起きない事象を起こしてくれるはずだ。

ともあれ――そうなれば、俺の下に大量の執行任務が舞い込むことになる。左遷されても関係ない。手間をかけてでも俺に依頼したいという声が、執行議会に押し寄せることになるだろう。俺は、さらに価値を上げることができるようになる。

無価値な俺が、価値のある俺でいられるようになる。

もう二度と、あんな焦燥感は味わいたくない。

俺は、俺の価値を得るために、ロゼの夢を利用する。

（俺は、ロゼが聖女に至るまで、その身を護（まも）る刃（やいば）になろう）

それは、人生ではじめて請け負う、自分への任務。

純粋な欲から生まれた、ひどく下卑た願望だった。

首のロザリオを引きちぎり、燃えさかる森に放る。いまは、神の目はいらない。

「夢を叶えましょう、ロゼさん。一緒に、聖女を目指すんです」

血にまみれた手で、真っ白な手を握りしめる。藁にもすがる思いだった。

なにか言おうと、ロゼが瞳をこちらに向けた。

数瞬の沈黙を経て、困ったような笑みとともに俺の手を握り返す。

「……『救われようとせず、救う努力をしなさい』、ですよね？」

治癒の聖女の名言だったか？　意図は読めないが、いつもの薄っぺらい笑みを浮かべて
適当にうなずいておく。

こうして。

火炎と黒煙立ち上る満月の下。俺は、ロゼを聖女にし、利用するための契約を交わした。

我ながら、悪魔のような契約だと思った。

# 第二章　悪魔の住処（すみか）

愛の名は、私の名だ。
愛の形は、私の姿だ。
（キュレイア・ルーミア／『愛の聖女』、キュレイア教始祖）

chapter 02

□□

ここまでで明らかになったことがある。

首謀者の『四人目』は、俺を狙って刺客（爆弾）を差し向けた。左遷されて数日という、偶然とは思えないタイミングから見ても、それは間違いないだろう。

必然『四人目』は俺の左遷を知っていた人物に限られるが……現段階では特定のしようがない。なにせ、容疑者が多すぎる。一牧師の左遷程度の情報であれば、教会に通う一般信者でも知ることができるからだ。なんなら、他国の人間でも知ることは可能である。

(……恨まれたもんだな、俺も)

ひとを殺して回る執行人なのだから、恨まれて当然ではあるのだけれど。

なんであれ。

こうなってしまった以上、元凶たる俺はいますぐにイルベルを離れなければならないだろう。襲撃を受けた土地に留まり続けるだなんて、愚の骨頂なのだから。

そして。

ロゼリアもまた、早急にイルベルを離れなければいけなくなるだろう。

俺と一緒に聖女を目指してもらうから、ではない。聖女を目指すだけなら、村の復興を手伝ってからでも遅くはない。

理由はひとつ。ロゼの無効化の能力は、結果的に、イルベルを戦火に巻き込みかねない危険な代物だからだ。

(あの無効化の能力は、確実に軍事転用される)

現代における戦争、特に宗教間で発生する『宗教戦争』では、鉱魔術師による鉱魔術のぶつかり合いが主となっている。

そんな場に、ロゼが投入されたらどうなるか?

敵の鉱魔術が一瞬で無効化され、一方的な虐殺が行われることになる。国家間のパワーバランスも崩れるだろう。

そうなれば必然、戦争は激化の一途をたどり、王国中に戦火が飛び散ることになる。

無論、このイルベルにも、だ。

(村人を救おうとしたロゼが、それを良しとするとは思えない)

村に留まり、故郷を戦火に焼いてでも聖女になるか。

村を出て、正しいルートで聖女となるか。

結局のところ、最後は少女次第だが、俺の下卑た願望による思惑を差し置いても、ロゼが村を出ない理由はないように思えた。

無論、聖女になる、という目的を達成するだけなら簡単だ。その稀有(けう)な能力を活用し、あえて戦争の道具に成り下がればいい。

今後、イルベルにはアルート王国から今夜の騒動についての調査団が入るはずだから、そのときに『私は無効化の能力を持っています』とでも申告すれば、即決で王国の犬になれることだろう。そうして、過去の七天聖女よろしく戦場で功績を上げ続け……敵の死体を量産し続ければ、いずれは聖女と呼ばれるようになるはずだ。

しかし。

言わずもがな、そうなれば俺がロゼを利用できなくなる。

価値を得る手段が、失われることになる。

その最悪の事態だけは、どうしても避けたかった。

(国に利用される前に、俺がロゼを利用してやる)

後にも先にも、ひとりの人間にここまで固執するのは、はじめてのことだった。


「私に、そんな力が……？」

騒動収束後。村を離れなければいけない理由を(俺の願望は伏せて)説明すると、ロゼは信じられないといった風に乾いた笑いを見せた。

けれど、俺の真剣な顔を見てそれが真実だと察すると、覚悟を決めたように瞳を伏せた。

「残された村のみんなは、どうなりますか？」

「侵入者に反応する魔術結界を張っていきます。これで、今夜のような事態にはならないはずです。少なくとも、逃げる時間は稼げます」

「……私は、村を出たほうがいい」

「現状は。ですが、ご安心ください。聖女になるという目的を達成するまでは、俺が護衛役になります。こうなってしまったお詫びというわけではないですが、誠心誠意、全力でロゼさんを護る刃になりたいと思います」

当たり前だが、ロゼと一緒にいなければ、ロゼを聖女に仕立て上げることはできない。

多少強引と思われようと、ロゼの護衛役を買って出るのは当然の帰結だった。

退屈な日常は、もうお腹いっぱいだ。

独りよがりと思われようと、俺は執行人としての日常を守れれば、それでいい。

「それに、村にもまったく帰れなくなるわけじゃありません。あなたの故郷は残ります」

「私の、故郷……」

独り言のように言って、ロゼはいまだ炎燻る村を見やった。

白みだした空の下。村人たちが村の修復作業と森の鎮火に勤しんでいた。

理不尽な被害に遭ったのに、笑顔をこぼしているひともいる。

派手に壊れたなあ、なんて笑いながら肩を叩き合う。

それは現実逃避でもあるし、『生きる』ということそのものでもあった。

「救いたいです、私」

いまを生きる村人たちを見つめながら、ロゼは言う。

「村のひとだけじゃない。みんなを救いたいから、村を出ます」

「本当に、いいんですね？」

自分で迫っておきながら、俺は確認するように訊ねていた。

ロゼを案じたわけじゃない。半端な意思で村を出て、途中で挫折されても困るからだ。

しかし、俺のそんな危惧をあざ笑うように、ロゼはハッキリと「はい」と答えてみせた。

「イルベルを戦争に巻き込みたくないですし……それに」

ふと俺に視線を戻して、ロゼはやわらかく微笑んだ。

「カイルさんのおかげで、なりたい聖女の姿が見えましたから。ちょっと急ではありましたけど、これをいい機会だと思って、私は、私の夢を叶えるために村を出たいと思います。それに、見知った方が護衛に付き添ってくれるというのなら、これほど心強いことはありませんし」

「……そうですか」

殴られることも覚悟していた。少なくとも、罵倒されるだろうと思っていた。この村を燃やし、少女を追い立てたのは、誰でもない俺という存在だからだ。

けれど、ロゼはそれを受け入れて、前を向いた。

強く、気高く、聖職者らしく。

謝るべきか、どうするべきかがわからなかった。

いまさらながら、護衛役を買って出たことが……利用しようとしていることが、ロゼを追い立てたことに対する免罪符のように思えて、余計に言葉が詰まった。

だから俺は、またも逃げるようにして「ありがとうございます」とだけ答えた。

卑怯に、狡猾に、執行人らしく。


「それじゃあ、行ってきます」

朝日が昇りはじめた頃。爆弾人間たちの死体を焼却処分し、村の外周に魔術結界を張ると、俺とロゼは身支度を整え、イルベルを後にした。

中央教会に研修に行く、という名目だった。唐突感は否めないが、妥当な理由だろう。自分の能力のせいで戦争に巻き込まれる可能性があるから、なんて馬鹿正直に明かせば、ひとのいいこの村人たちのことだ、犠牲を厭わずロゼを引き留めかねない。ロゼも、それがわかっているから、研修というやさしい嘘を用意した。

突然の宣言に村人たちは驚いていたが、最後は笑顔でロゼを送りだした。

みんな、ロゼの幸せだけを祈っているようだった。

朝露の残る森の道を歩きながら、ロゼはすすり泣いていた。俺に聞かれないよう必死に堪えていたが、少女の故郷への想いは堪えきれるものではなかったようだ。

「いまさら、なんですけど」

と。ロゼは鼻をすすりながら話しかけてきた。

湿っぽい空気を変えようとしているみたいだった。

「カイルさんは、ほんとに牧師さんなんですか？　昨夜の、襲ってきたひとたちを躊躇いなく斬る光景を思い出すと、その、どうしてもそうとは思えなくて……」

「……そのことで、ロゼさんにお話があります」

ちょうどいいタイミングだ。

一拍置いて、俺は坦々と話しはじめた。

執行人である俺の素性について、だ。

先ほどは村人たちの目もあったので、俺が執行人であることまでは説明していなかった。

一般人に執行議会の存在を明かすことは明確な禁止事項だ。しかし、これから護衛役として付き添うことを考えると、執行人であることを隠し通すのは不可能だと思った。

それに、単なる暗殺者では信頼もへったくれもない。最悪、通報される恐れもある。

その点、国家直属の執行人であれば、野良の暗殺者よりは信頼できるだろう。俺としても、矜持のない野良暗殺者と思われたままでは据わりが悪い。

まあ、ロゼにとっては、どちらも人殺しであることに変わりはないのだろうけれど。

しばしの沈黙。

背後をついてくるロゼが口を開いたのは、森を抜け交易街道に出たあたりのことだった。

「話してくださって、ありがとうございます」

濡(ぬ)れそぼった声で、ロゼは続ける。

「主は言いました。『すべてのことに、愛をもってあたりなさい』……ひとを殺(あや)めることは赦(ゆる)されないことですが、私は、そんなカイルさんの罪も愛をもって赦したい、です」

「……そう言っていただけると、救われます」

「でも」

ロゼは、あの偽ることを赦さない、真っすぐな瞳とともに言う。

「私は、カイルさんにこれ以上、手を汚してほしくありません……主はこうも言いました。『汝(なんじ)、殺すなかれ』と。ですから、ひとを殺めるのは、もう……」

懇願するようなロゼの眼差(まなざ)しを前に、俺は数瞬思案して、答えた。

「わかりました、約束します。もう、ひとを殺めることはしません」

もちろん嘘である。

ロゼに危害を加える人間がいれば、俺は容赦なく刃(やいば)を振るうだろう。

「……ほんと、ですか？」

「はい、本当です。主と七天聖女に誓って、絶対に殺めません」

「…………」

ロゼがジっと、泣き腫らした目で俺の顔を見つめてくる。疑っているようだ。

あまりにも見つめてくるので、ロゼを見つめ返しながら、魔力映写機に撮られるときのように右手でピースサインを作ってみた。

ペチッ、と無言で右手を叩かれた。

痛い……。

ともあれ。ここで真偽の押し問答をしても仕方ない。

話は終わりとばかりに、俺は街道を西に向け歩きだした。

ロゼが早足で隣に並び、不服そうに俺の顔を覗き込む。その瞳が、嘘はバレてるぞ、と強く呼びかけてくる。言葉でなく、視線で訴える作戦に出たようだ。子どもか。ロゼはどうしても、俺の口から真実の言葉を引き出したいらしい。

信用させるための言葉を繕っても、ロゼにはすぐ看破されてしまうのだろう。

なら、ここはなにもしないのが正解だ。

俺は素知らぬ顔で無視して、ひたすらに歩き続ける。

俺が嘘を認めないと悟ったのか。ロゼはこちらを睨みながら、唇を尖らせてつぶやいた。

「……意地悪な上に、頑固さんだったんですね」

「なにか言いましたか？」

「別になにも」

「ほっぺたが不満そうにふくれてますけど」

「気のせいじゃないですか？」

拗ねるように言って、ぷいっ、と顔をそらすロゼ。

小生意気な態度である。

まあ、泣き続けられるよりはマシか。負のエネルギーは、そのまま生きる活力になる。

街道横に広がる草原の奥。昇るまぶしい朝日に目を細めながら、俺たちは歩みを進めた。

向かう先は、聖地ノスタルンへ向かう中継都市として栄える、オロレアだ。

□

聖女になるためのロードマップを描く。

俺の脳は、皮肉にも『噂』が必須だと結論づけた。

オロレアには、聖地目当ての巡礼者が多く訪れる。オロレアでの噂は彼らの肩に乗り、王国全土に広まりやすい。

すなわち、オロレアで『シスター・ロゼリア』の知名度が上がれば、王国内でのロゼの評判も高まる。そうすれば、ロゼは自然と注目されやすくなる。

そうして地盤を固めて人権（人気）を得た上で、タイミングを見計らい無効化の能力を披露する。軍事転用されうる危険な能力だからこそ、逆利用した際の爆発力（バズリ）は計り知れない。人々の目には、その力はまさに奇跡として映ることだろう。

その頃にはロゼは国民に人気のシスターになっているから、無効化の能力の存在がバレたところで、王国も簡単には戦争の道具に利用できない。王国の上層部は民意に逆らうことを嫌う。有名人（ロゼ）を無理やり徴兵したとなれば、国王の支持率は一気に下落することになるからだ。

楽観視を多分に含んでいることは否定できない。

だが、概念でしかなかった聖女を現実に誕生させることを考えれば、そこまで間違った方法でもないのではないか、と自負していた。

地道にすぎるロードマップではあるけれど……。

ともあれ。イルベルから脇目もふらずにオロレアを目指したのは、その計画ゆえだった。

オロレアに到着する直前。そうした説明をすると、ロゼは「ほえー」と感心しながら。

「要するに、私はオロレアで有名なシスターになればいい、ってことでしょうか？　最初のうちは能力を使わずに」

「そういうことですね」

「……というか私、ほんとにそんな能力を持っているんでしょうか？　ああ、カイルさんを疑っているわけではないんです。でも、いまだに信じられなくて……」

「突然のことでしたしね。まあ、そのあたりは、これから能力の使い方を学びつつ、一緒に実感していきましょう。自分も、できる限りサポートしますので」

「りょ、了解です」

王都ウォシュルムに戻ることも考えた。しかし、俺を左遷したということは、俺がいたら噂を流した犯人を洗い出せないということだ。

犯人を特定できなければ本末転倒。王都に戻る選択肢はない。

〝──なにが起きても、臨機応変に動くといい──〟

ナレグ法王もそう言っていたのだ。新天地くらいは自由に選ばせてもらおう。

「それにしても、能力を使わずに有名……有名ですか。私、有名になれるような特技とかないですよ？」

「ロゼさんは綺麗なんで、普通に信者と接しているだけで自然と有名になっていくかと」

「ああ、そういうことですか」

「そういうことなんです」

「なるほど、私は綺麗だから自然と…………、はへぇッ!?」

不思議な驚きの声が隣から聴こえたところで目的地、オロレアの外観が見えてきた。

街が近づくごとに、街道にひとが増えていった。早朝の街道は騒がしい。敬虔な巡礼者や、商品を仕入れる商人が動き出す時間だ。

「わあ……すごい、すごいですね。カイルさん」

そんな人波を見て、ロゼは感動に目を輝かせていた。

この様子だと、生まれてこの方、イルベルの外に出たことがないのかもしれない。

「ロゼさん、はぐれないでくださいね」

「わ、わかりました。はぐれません」

そう言って、ロゼは俺の祭服の裾を両手でキュッ、とつまんできた。

「？　ど、どうしました？　私の顔、なんかついてます？」

「……いえ、なにも」

はぐれないように近くを歩いてくれ、という意味だったのだが、まあいい。

門で通行許可証を発行してもらい、ふたり連れ立って街に足を踏み入れた。

頑強な外壁に囲われた都市、オロレア。人口は一万人程度。元は城塞都市だったこの街の中央には、歴史あるオロレア教会が鎮座している。

オロレア教会を中心に、民家や商家、衣食住のすべてがそろう商店通り、武骨な鍛冶屋に怪しげな錬金術師の店などが、石畳の路地に沿って扇状に延びている。まさしく血管（ライフライン）だ。店のラインナップだけで言えば、王都に勝るとも劣らない。

（いまではもう、商いの街といった風体だ）

オロレアの歴史は戦争とともにある。

アルート王国と、隣国ダウロン帝国は、国境をまたぐ鉱山地帯……鉱異石が大量に発掘できる『聖地ノスタルン』の領有権をかけ何度も戦争を行ってきた。鉱異石を独占しようとする利権争いだ。そのたび、補給物資を保管していたこの中継地点（オロレア）が襲撃を受けてきた。

頑強な外壁は、そうした戦の名残だった。

そんな歴史を振り返っているうち、人波に押され、中央広場に出た。

朝日が降り注ぐ中。大きな噴水を取り囲むように出店が軒を連ねていた。大半が食べ物の店だった。卵サンド、鶏肉とアスパラの黒コショウ焼き、カリカリベーコンのサラダ、フルーツクレープ……揚げ物の香ばしさとスイーツの甘い匂いが混ざり、腹の虫を強制的に蠢動させた。

先に朝飯を済ませようか。歩き疲れた身体には反則的に染みる。そう思い、隣り合うロゼを見やると、少女は眉根をひそめ、苦しそうに口元を押さえていた。

「どうしました？　ロゼさん。どこか体調でも」

「カイルさん……この街、空気が変じゃないですか？　なんかトゲトゲした感じで……」

「空気？　――ああ」

言われて一呼吸し、ようやく気づく。慣れ親しんだ空気だったので、すぐに気づけなかった。

「そういえば、イルベルではなかったですよね。『魔力煙』」

万能に見える鉱異石にも、ひとつ致命的なデメリットがあった。

魔力煙。

鉱異石を使用するたびに発生する、目には見えない魔力の煙だ。

水道、電気、火……それらインフラに組み込まれた鉱異石から、魔力煙は常に立ち上り続けている。周りの出店もそうだ。持ち運び可能なあの簡易加熱器具に組まれている鉱異石からも、魔力煙は発生し続けている。

　微量であれば害はないが、煙の濃度が高まると心身に異常を来す。思考能力が低下し、手足が震え、果ては生きる意味を失ったかのように無気力になってしまう。これを、『魔力煙害』と呼ぶ。現代病に認定されている、鉱魔産業革命の弊害だ。

　魔力煙の発生原因はいまだ不明。鉱異石の中で魔力が変質し、魔力煙を発生するようになったとの説が有力だが、一部では『鉱異石の呪いだ』なんてカルト的な説もある。

　俺の説明を受け、ロゼは「そんなのがあるんですね……」と広場を見渡した。

「この程度の魔力煙なら害はないですよ。むしろ、王都に比べたらオロレアはまだ綺麗なほうです。ロゼさんもすぐに慣れますよ、きっと」

「そう、なんでしょうか？　そうだといいですけど……あ、ありがとうございます」

　頭のベールをマスク代わりにしているロゼを誘導し、噴水近くのベンチに座らせる。

　その隣に腰を下ろし、俺は話題を切り替えた。

「このあとはオロレア教会に向かいます。無関係の一般人ならいざ知らず、俺たちは同じファリス教の聖職者ですから。雑用でもなんでも使ってはくれるでしょう――ただし」

「ただし？」

「俺たちがイルベルから来たことは秘密にします。首謀者に俺たちの新たな住処の情報が流れないとも限らないですからね。それに、出身を隠すことでそれとなく『事情を抱えているふたり』を演出することもできます」

聖職者の善意を前提とした計画だがいまはそれに懸けるしかない。門前払いを食ったら、そのときはそのときだ。別の都市で、シスター・ロゼリアの名を広めるだけである。

「なるほど……えへへ。なかなかに策士ですねえ、カイルさん」

「褒め言葉として受け取っておきます――では、朝ご飯を食べて、俺の用事を済ませたら、さっそくオロレア教会へ向かいましょう」

「了解です！　……ん、用事って？」

首をかしげるロゼを横目に、俺はズボンのポケットから、昨夜回収した黒布を取り出す。

「ちょっと、ガジェット好きの錬金術師に会いに」

□

用事はひとりで済ませるつもりだった。早朝から歩き詰めだったから、ロゼには朝食を食べながら広場で休んでいてもらおうと思った。

けれど、ロゼは広場に残ることを頑なに拒否した。人目も多いここならひとりでも安全、ほんの数十分離れるだけですよと説得しても、ロゼは首を縦に振ってはくれなかった。

どうしたものかと呆れていると、ロゼはふて腐れた子どものように頬をふくらませて。

「……はぐれないでって、カイルさんが言ったんですよ？」

と、恨めしそうに、あるいは悲しそうに、つぶやいたのだった。

そこで俺はようやく気づく。いや、思い出す。

昨日の深夜から六時間。

たった六時間で、ロゼは故郷と家族から離れなければいけなくなったのだ。

そんな、拠り所をなくした迷い子たるロゼを、ひとりにしようとした——少女にとって
いまの俺は、頼ることができる唯一の人間なのに。

わかりました、一緒に行きましょう。

俺が根負けするのに、そう時間はかからなかった。

途端。ロゼはパァと表情を明るくして、手に持ったクレープにうれしそうにかぶりつく。

「えへへ、甘いものはいいですね。嫌なことも忘れちゃうし、幸せも二倍になります——

あ、一口どうですか？」

　差し出されたクレープを丁重に断る。

手がかかる、と呆れつつも、少女の笑顔を見るのは、なんだか嫌な気分ではなかった。

中央広場から徒歩十分。商店通りの先の住宅街を抜けてさらに奥へ行った場所、扇状に延びる路地の末端に、その家はポツリと建っている。

ガラクタみたいな家だった。壁も屋根も継ぎ接ぎだらけで、何枚も鉄板が重ねて張られている。大工に依頼せず、自分で補修してきた末路だ。モクモクと白煙を吐く煙突も赤茶に錆びていて、斜めに傾いている。家の形を保っているのが不思議なくらいだ。

玄関上部には『錬金術師の工房』と書かれた銅のプレートが提げてあるが、これも見事に傾いていた。

最後に来たのは二年前だが、その頃からこの家は変わっていない。

「こ、ここが、錬金術師さんのお家ですか？　なんというか、その……」

「ボロいし汚いですよね。変な臭いもしますし」

「ダイレクト悪口ッ！　いや、まあ、すこし汚れちゃってはいますけど、それも味と言いますか、個性的と言いますか……ね？」

「ロゼさんはやさしいですね。アイツに好かれそうだ」

言いながら玄関横のスイッチを押し込む。ジリリリ！　と、やかましい音が工房の中に

鳴り響く。呼び出しベルもはじめて見るのか。ロゼは物珍しそうにスイッチを眺めていた。

「……うるさい」

程なくして。玄関の扉を開けて現れたのは、小柄な銀髪の女性だった。

正確には、小柄で銀髪で——下着姿の女性だった。

「わあああああッ!?　か、カイルさん！　見ちゃダメ！　見ちゃダメですよ！」

「いや、コイツは服を着てることのほうが少ないんですよ。さすがに見慣れました」

「インモラル牧師ッ!!　と、とにかくダメったらダメですッ！」

あわわわわ！　とロゼが背後に回り、俺の両目を手で塞いできた。手が小さいので、指の隙間から全部見えていたけれど。

その間も、家主は眠そうに顔をしかめながら……というか、まぶたを完全に閉じたまま、ふらふらと頭を揺らしていた。相変わらず、生活サイクルはぐちゃぐちゃなようだ。

この女性こそ、この工房を経営する若き職人。

執行議会からの鑑定依頼も請け負う、闇の錬金術師——ルル・ライオネルである。

ロゼに介助されながら家に戻り、顔を洗って眠気を払うと（自動で出てくるお湯にロゼは驚愕していた）、ルルはいつものオーバーオールを着て、リビングのテーブルに座った。

というか、介助してくれたロゼを自分の椅子に座らせたあと、ロゼの膝上に座っていた。おまけに、固定ベルトよろしく、ロゼの両腕を自分のお腹回りに持ってきている。

案の定、ルルに気に入られてしまったようだった。

ルルは十八歳と俺よりひとつ年上だが、その矮軀と世間離れした性格も相まって、より幼い印象を受ける。十二歳と言われても信じられるだろう。

そんな幼女ルルは、困惑するロゼ椅子に座り、抱えられながら、対面の俺を見据えた。

「ひさしぶり、カイル――あれ、もう『カイル』は捨てた？」

「いや、まだカイルだよ。ひさしぶりだな」

「全然来ないから死んだと思ってた。今日はなに？　ボクの自慢の新ガジェットでも見に来た？　これなんかそうだよ」

勝手に話を進めて、ルルはテーブル上にある箱状の機械を叩いた。

ザザザ、とノイズが流れたあと、事務的な音声がニュースを伝える。

『――聖地ノスタルンを巡る紛争は激化し、隣国ダウロン帝国との関係も過去最悪の緊迫下に置かれています。また、昨夜の火災騒動を受け、アルート王国は、ダウロン帝国からの入国者を一時規制。密入国者が発見され次第、懲罰刑に処すことを決めました。両国の関係は悪化の一途を――』

「え、な、声が……えぇ？」

　未知との遭遇に戸惑うロゼを背中に、ルルは、心なしか瞳を輝かせて続ける。

「最新の小型鉱魔電信機（レディオラル）。街灯上に設置されてるデカい鉱魔電信機（レディオラル）を、家庭用にリサイズしたもの。そそるよね。そうそう。前会ったとき、鉱異石で走る鉄の箱、鉱魔導車（アルティレイカー）の話をしたでしょ？　あれを走らせるための道路が、交易街道の横の草原に敷設されるんだって。馬車も荷車もいらない時代が来るよ。ワクワクが止まらないね。眠たくなってきちゃう」

「眠たくなってきちゃうのか……」

　単なる睡眠不足では？　とは突っ込まないでおく。

「まあ、饒舌（じょうぜつ）に紹介してもらっておいて悪いが、今日来たのは別件なんだ」

「……なんだ、つまんない」

　本当につまらなそうに吐き捨てて鉱魔電信機（レディオラル）を止めると、ルルは投げやりに問うた。

「それじゃあ、なに。彼女自慢にでも来たの？」

「彼女？」

「この子。カイルの恋人じゃないの？」

　お腹回りにあるロゼの両手首を摑（つか）み、操り人形よろしくぷらぷらと振るルル。

ロゼがその言葉の意味に気づいたのは、数秒あとのことだった。

「こ、こここ、恋人ッ!?　わ、私が、カイルさんのッ!?」

「耳うるさっ」

「あ、ごめんなさい……で、でも、私とカイルさんはそんな関係じゃない、ですから」

「そうなの？」

ルルが不思議そうにこちらを見た。俺は大仰に肩をすくめてみせる。

「そうなの。あまりロゼさんを困らせるな」

「ふーん。お似合いなのに。じゃあ、ボクがもらってもいい？　座り心地も最高だから、ずっと工房に置いておきたい」

「ダメに決まってるだろ。物あつかいするな――本題に入るぞ」

切り替えて、俺はポケットからあの黒布を取り出し、テーブルの上に置いた。

ルルの背後で「だ、ダメに決まってるんだ……」とうつむきがちにつぶやくロゼが気になったが、いまは無視して話を進める。

「この布を『鑑定』してほしい。一番ほしいのは持ち主にまつわる情報だが、とにかく、なにかしらの情報が得られればそれでいい」

錬金術師は、自身の魔力を込めた砂金を物質にまぶすことで、その物質に刻まれたあらゆる情報を読み取ることができる。これを、鑑定と呼ぶ。

たとえば、鑑定物がナイフの場合、ナイフの原材料、物質の含有率、生産地、劣化年数など、数多の情報を得られる。

あくまで、物質に宿る情報しか知ることはできない。しかし、それらの情報から持ち主の人物像を推測することは可能だ。

物的証拠に眠る情報を精査し、捜査して、犯人を割りだす。

それが、錬金術の主な用途だった。

一見便利な術に思えるが、問題は砂金だ。鑑定一回につき、相当量の砂金を消費するため、費用対効果が著しく悪い。そのため、一般人が錬金術を利用することはなくなり、錬金術師も看板を下ろす者が続出した。

執行議会という、金に糸目をつけない太客を相手取る、肝の据わった錬金術師を残して。

「なにかしらの情報、ね」

ルルは目を細め、黒布を手に取った。

表面、裏面と確認して、用済みだとばかりにテーブル上に放る。いつものルーティンだ。

ルルは鑑定物を一目見て、鑑定に要するおおよその時間を測ることができる。

眠たげだった目が、錬金術師のソレに変わった。

「期限は？」

「早いほうがうれしいが、特別急いでいるわけでもない。まあ一週間ぐらいが妥当かな」

「随分と曖昧だね。なんなの？　それ」

「俺個人の依頼とだけしか伝えられない。詳細は、いまは聞かないでくれ。いずれ話す」

「ふーん。あっそ」

興味なさげに顔をそらして、ルルはロゼの胸に後頭部を埋めるように、上体を倒した。

「キナ臭いけど、ま、いいよ。常連のよしみで受けたげる。ボクはやさしいんだ」

「知ってる。助かるよ」

「報酬は現金？　それともこの子？」

「現金に決まってるだろ……いくらだ？」

「キナ臭さと、最近砂金が値上がりしてきたことを考慮して、これぐらいかな」

ルルは腕を伸ばし、小さい手をパーの形に広げた。

五万G(ゴールド)……いや、値上がりのことを踏まえると、五十万Gか。

半年は遊んで暮らせる大金だ。また後日、王都の銀行から下ろしてこよう。

「わかった、用意しておく。前金は？」

「この子に免じて、なしでいい」

「ありがとう。俺たちはオロレア教会に世話になる予定だから、なにかあればそこに」

「あいあい。あの虹色がド派手な教会ね」

そう言ってルルはロゼの膝上から下りると、テーブル上の黒布をひったくるように摑み、タタタ、とリビングの奥に行ってしまった。錬金術師としてのスイッチが入ったみたいだ。

「と、トイレにでも行ったんでしょうか？」

「いや、さっそく工房で鑑定をはじめたんだと思いますよ。これで俺の用事は終了です。あとは邪魔になるだけなので、もう行きましょう」

「あ、はい……あの、お邪魔しましたー！」

ロゼの律儀な挨拶を残し、俺たちはルルの家を後にした。

中央広場に戻る路地の途中。俺は連れ立つロゼに頭を下げる。

「すみません、用事に付き合わせてしまって。おまけにルルの奴、あんな失礼なことを」

「いえいえ、とんでもないです！　なんか……えへへ、妹がいたらこんな感じなのかなーって思えて、すこしうれしかったです」

その笑顔が本当にうれしそうだったから、ルルの実年齢はまた後日伝えることにした。

「そう言ってもらえると救われます」

「……そういえば、なんですけど」

ロゼはこちらをチラチラと見ながら、どこか言い出しづらそうに続ける。

「カイルさん。ルルさんに対しては、タメ口なんですね」

「ええ、古い付き合いですので。最初は敬語だったんですけど……あの性格でしょう？　敬うのが馬鹿らしくなって、すぐにタメ口になりました」

「…………いいなあ」

聞き逃してしまいそうなほどに小さな、ロゼのつぶやき。

首をかしげ、少女の顔を見る。

けれど、ロゼはそのつぶやきがなかったかのように笑顔を作り、「行きましょう」とすこしだけ早歩きに進みだしたのだった。

（……タメ口で話してほしい、のだろうか？）

俺は、少女を支え護る護衛役、ただの『刃』だ。

不必要に距離を詰めるのは、互いにとって得策ではない。

……いや、俺の願望を円滑に叶えるためには、すこしは仲良くなっておいたほうがいいのか？　けれど、いや、しかし。

そんなことをひとり悶々と考えながら、ふわりとなびく金髪の背中を追った。

□

今日のミサはすでに終わったのか。到着したオロレア教会内に、信者の姿はなかった。タイミングとしてはベストだ。誰かが来る前に俺たちの『事情』を伝えてしまおう。

ロゼと顔を見合わせたあと、ゆっくり中に入る。

目眩がしそうなほど高く広い天井には、アルート王国の国宝に登録されている格式高いステンドグラスがはめられていた。

大昔の職人たちが三百年かけて造ったとされるこの芸術品は、礼拝堂に振り注ぐ陽光を七色に変化させる。祭壇に向かう礼拝堂の道にて想起するのは、さながら妖精の王へつながる異世界の謁見の間か、はたまた雨上がりにかかる虹の渦中か。

「わあ……すごい、綺麗……」

なんであれ、ロゼがあんぐりと口を開き、天を仰ぐのもむべなるかなだ。

七色の陽を浴びながら、厳かな燭台を横目に、高級そうな赤絨毯の上を歩く。

そうして祭壇前に来たあたりで突然、祭壇右手側にある扉がガチャリ、と開かれた。

「──あら、信者さん？」

現れたのは、ふたりの聖職者だった。

ひとりはシスター。亜麻色の髪を縦ロールに巻いた、一見するとお嬢様と見まごうような女性だった。ベールはかぶっていない。黒を基調とした引き締まる外見の修道服を着、首元には大量のロザリオをジャラジャラとぶら下げている。戦場に赴く兵士の認識票（ドッグタグ）のようだった。気品あふれる優雅な足取りで祭壇前をすぎ、こちらに歩み寄ってくる。

もうひとりは、そんなシスターの数歩後ろを歩く、黒祭服を着た牧師だった。さっぱりとした短髪で身長は俺よりもすこしだけ高い。その鋭い三白眼と厳（いか）つい顔つきも相まって、縦ロール女性の護衛役にも見えた。

目の前に来た女性は足を止め、申し訳なさそうに頰（ほお）に手を当てる。

「ごめんなさい、本日のミサは終わってしまいましたの。また明日の朝に来てくださったら最高のミサをお届けいたしますわ」

「……レミア。こいつらは信者じゃない」

「え？」

女性が俺たちの服を確認する。ステンドグラスの光で聖職者の服だと気づかなかったのだろう。ロゼも中央広場に入ったときにベールを外していたから余計に気づかれにくい。

「あらまあ、ごめんなさい！　わたくしったら牧師さまを信者あつかいしてしまって」

「お気になさらず」

お得意の笑顔を作り、俺は恭しく頭を下げた。

「はじめまして、カイルと言います。姓はありません。気軽にカイルとお呼びください」

「あらご丁寧に。わたくしはレミア。レミア・ウィンフォードですわ。よろしくカイル」

真っすぐな瞳とともに、手を差し出してくる女性――レミア。

薄い笑みを浮かべたまま握手をすると、レミアは隣の男性に視線を向けた。

「こっちの無愛想な牧師は、アッシュ。このひとも姓はありませんわ。見ての通り寡黙で、友達が少ないんですの。仲良くしてやってくださいまし。ほら、アッシュ。挨拶は？」

「………………」

「こら！　挨拶と勝負は真面目（まじめ）にって、いつも教えているでしょう！」

めっ！　とレミアが親よろしく叱りつけるも、男性――アッシュは口を引き結び続けた。

人見知りなのだろうか？　にしては、俺を睨（にら）みつける視線が、敵意に満ちすぎているけれど。

「ごめんなさい。このひと、図体（ずうたい）はデカいくせに肝は小さいんですのよ」

「いえ、突然押しかけたのはこちらですから。気にしないでください」

「それで、本日はどういったご用件でこちらに？　もしかして、結婚式のご予約？」

レミアはからかうような笑みを浮かべ、俺とロゼを見やった。

「け、結婚ッ⁉　私とカイルさんが……え、あ、あわわッ！」

わたわたと慌てはじめたロゼを無視して、俺はレミアに偽りの『事情』を話しはじめた。

俺たちの『事情』は、いくつか候補は考えていたが、『駆け落ちしてきた恋人同士』にした。これであれば、出身地を隠しても不自然ではない。

ほんのすこし前。ルルに『恋人同士ではない』と否定していたのはなんだったのか、という話だが、住処（すみか）を確保するためには仕方ない。嘘（うそ）も方便というやつだ。

情感たっぷりに話す俺の横で、ロゼが「駆け……え、あえぇッ⁉」とえも言われぬ驚き方をしていたのは、言うまでもない。

「そうでしたの。そんな事情がおありで……でも、うふふ。それでしたら結婚式のご予約でも、あながち間違いではなかったのでは？」

「とんでもない。俺たちはまだまだ未熟の身。婚姻を交わすときは、互いに成熟したときにと決めているんです。そのための巣立ちの場を、このオロレア教会で提供していただけたら最善なのですが……むずかしいでしょうか？」

「そうですわね……司教さまから、この教会のことは一任されていますので、わたくしの一存で雇ってもいいのですけど」

「本当ですか！」

「でも、それじゃあ面白くないですわよね？」

ニヤリ、とレミアは好戦的な笑みを浮かべ、隣り合うロゼを見つめた。

「わたくしは、わたくしが認めた方としか働きたくありませんの。特に、同じシスターとあってはなおのこと。シスターとしての器量はどうか、かの七天聖女、キュレイア・ルーミアのように傲慢な愛を有しているかどうか……なにより、わたくしの同僚に相応しいかどうか、『懺悔勝負』で見極めさせてもらいますわッ！」

「ざ、懺悔勝負？」

「……はじまった」

レミアの唐突な宣告にロゼは目を丸くし、アッシュは辟易といった風にため息をついた。

胸に手を当て、レミアは気高く言う。

「挨拶と勝負は真面目に、ですわよ」

悪戯っぽくウィンクしてみせるレミア。

俺は苦笑いを浮かべて、肩をすくめることしかできない。

にべもなく門前払いを食らう羽目にはならなかったが、一筋縄ではいかないようだった。

「懺悔勝負とは！　移動式の簡易懺悔室をふたつ中央広場に配置し、わたくしとロゼリア、どちらのシスターがより多くの信者から懺悔を聞き出せるかの勝負ですわ！　まあ、恒例の勝負みたいに口走ってしまいましたけれど、このルールはいま咄嗟に思いついたものですわー！　すーぐ思いつけちゃうんですから、わたくしってば！　天才かもしれないですわねわたくし！　ともあれ、行き当たりばったりもまた一興！　駆け落ちするぐらいですから、これぐらいの試練、乗り越えられなくては嘘ですわよね？」

と、まあ。

様式美すらうかがえる綺麗な煽りを受け、レミアとロゼは懺悔勝負なるものを行うこととなった。

断る選択肢は、こちらにはない。

というか、楽しんでさえいるようなレミアの言動からするに、この勝負はロゼがどんな人間かを見極めるためのものと考えてよさそうだ。

「ああ、お待ちなさい」

中央広場に向かう前。ロゼはレミアに引き留められ、一緒に奥の部屋に向かうと、オロレア教会の修道服を借りて出てきた。イルベルとオロレアの修道服では色とデザインが異なる。ロゼが身にまとっていたのは、レミアのソレとは正反対の、白を基調とした清廉な修道服だった。

レミアは髪を隠すのが嫌いなのか。ロゼもベールはかぶらずに、その綺麗な金髪を外にサラリと流していた。

「あ、ありがとうございます。レミアさん。こんな綺麗な修道服まで……」

「レミアでいいわ、ロゼリア。このオロレア教会では、女性の修道服の色は選択式でして。あなたなら、その髪色も相まって白が似合うと思いましたのよ。わたくしの目に間違いはありませんでしたわね——サイズのほうはどうかしら？」

「はい、大丈夫です……あ、でも、胸がちょっとキツいかもです。えへへ、太ってきちゃってるのかな？」

「…………へえ。もうすでに勝負ははじまっている、というわけね。ふうん、そう。番外戦術ってやつかしら？　かわいい顔して、結構エグい精神攻撃してくるじゃない」

「れ、レミアさん？　あの、目が怖いです……」

「ロゼリア！」

「は、はいッ！」

「懺悔勝負、死ぬ気でおやりなさい！　本気でぶちのめすつもりでいきますからね！」

「ひぃぃぃッ!?　せ、聖職者にあるまじき発言!?」

先ほど聞いたルールでどうぶちのめすのかは謎だが、まあ、初対面時よりは親交(?)を深められているようでよかった。

簡易懺悔室を運ぶ牧師組、俺とアッシュの親交はまったく深められていなかったけれど。

「アッシュさんは、いつからオロレア教会に?」

「…………」

「本当、素敵な教会ですよね。あのステンドグラスの光がまた幻想的で」

「…………」

「ああ、そういえば、中央教会にある書物で見たことがあるんですが、この簡易懺悔室が誕生したのはオロレアの戦争の歴史が関係しているそうですね。補給物資にまぎれて敵兵が街に侵入し、礼拝堂が焼かれて使えなくなってしまったときに、一時的な祈りの場としてこの簡易懺悔室を急遽作ったんだとか。霊験あらたかなお話ですよね」

「…………」

「あ、あはは……」

中央教会で培った営業トークも華麗にスルー。アッシュは一度も反応を示さなかった。

親交どころか、溝が深まった気がする。

そんなこんなで。中央広場に簡易懺悔室を運び終え、軽く昼食を摂ったあと、レミアは噴水を背にして、高らかに宣言した。

「では、いまから懺悔勝負、スタートですわ！」

制限時間は、広場の街灯上に設置された鉱魔電信機（レディオラル）が鐘の音を流す、夕刻まで。

それまでに、多くの懺悔を聞いた者の勝利となる。

周りには、物珍しそうに簡易懺悔室を眺めるギャラリーが集まっていた。

アルート王国に生きる者であれば、自然とファリス教信者として生きることになる。

つまり、この観衆すべてが信者であり、懺悔を聞き出すチャンスでもあった。

「オロレアのみなさまー！　今日はここで懺悔室を開きたいと思いますわ！　さあ寄ってらっしゃい吐いてらっしゃい！　いくらでも懺悔していってくださいましー！」

漁港の商人よろしくパンパン！　と手を叩（たた）いて、懺悔室の扉を指し示すレミア。

こんな明るい呼び込みをされて、はたして暗く重い懺悔を吐き出せる者などいるのだろうか。

「あ、あの、よろしければ、懺悔お聞きします……ど、どなたでも、どうぞー」

対するロゼは、勇気を振り絞りながらも、恥ずかしそうに懺悔室の扉を開いていた。

明るすぎるレミアよりは幾分かマシだが、入った途端に逆に懺悔されそうで、こちらもちょっと在り方としてはどうなのか。悩むところではあった。

「これは、どうなるんでしょうね？」

そんなシスターふたりを見守りながら、俺は隣り合うアッシュに、めげずに声をかけた。

嫌われていようが敵視されようが、彼はオロレア教会で一緒に働く同僚になる。友好的な関係を築いておくに越したことはないだろう。

しかし、アッシュからはまたしても「………」と、無言を返されるだけだった。

無言というか、もはや無視だけれど。

（これは、根気がいりそうだな……）

目の前の勝負にも、彼との関係構築にも、すこしばかり暗雲が立ち込めはじめた。

「──来い」

そのとき。よく通る重低音が、俺の耳朶を叩いた。

それが、アッシュが俺を呼ぶ声だと気づくのに、数瞬かかった。

振り返ると、アッシュは俺の返事も待たずに、中央広場を離れ、来た道を戻りはじめていた。教会に帰るつもりだろうか？　なにか忘れ物？

ロゼたちは必死に声かけをしていて、俺たちを気にかける余裕もなさそうだ。

牧師の俺たちにできることもなし、アッシュの背を追うように俺も中央広場を離れた。

道中、アッシュが口を開くことはなく、沈黙を保ったままオロレア教会にたどり着いた。

礼拝堂に入る。前を歩くアッシュがなにを考えているのか、なにも読み取れない。

けれど。

「なッ、――!?」

目の前の背中から唐突にふくれ上がる、明確な殺意はしかと見て取れた。

虹色の光の下。アッシュはピタリと足を止め、振り向く動作とともに、ダガーを横なぎ一閃、俺の首目がけて振るってきた。

戦闘態勢に切り替え、刃先数センチの位置でギリギリ避ける。だが、攻撃は終わらない。

アッシュはいつの間にか手にしていた二本のダガーを逆手に持ち、俺に連撃を繰り出してきた。その攻撃のすべてが急所を狙っている。

殺人に特化した攻撃だ。足運びも静かすぎる。一朝一夕で身につく技術ではない。

(コイツ、執行人か)

執行人同士の戦闘が起きた場合、大抵は片方の執行人が死ぬことになる。執行人に失敗は許されない。その信条を叩き込まれた執行人は、同僚であれなんであれ、一度でも敵対した相手は生かさないよう教え込まれているからだ。

しかし、ここでアッシュを殺すという短絡的な選択肢は取れない。俺とロゼの目的は、あくまで聖女を目指すこと。同じ宗派の聖職者を殺せば『異端者』として追放され、聖女への道のりは困難を極めることになる。ここでこそ、穏便に事を済ませる必要がある。

「――、グッ⁉」

呻き声をもらしたのは、アッシュ。

ダガーの剣戟を避けた直後、彼の背に回って腕を極め、そのまま床に叩き伏せたのだ。

「なにが目的ですか？　俺に戦闘の意思はないですよ」

「お前、こそ」

苦しそうにしながらも、赤絨毯に頬をつけ、アッシュは答えた。

「お前こそ、なにが目的だ？　今度は、オロレアを燃やすつもりか？」

「なんですって？」

「昨夜の、『イルベル大火災』……あれは、お前の仕業だろう？　罪人殺しの悪魔」

一瞬思考が真っ白になる。その隙を突いて、アッシュが脱出しようと身じろいだ。力を込めなおし、より強く拘束する。ダガーが二本、持ち主の手を離れた。

アッシュが俺の異名を知っていることに疑問はない。言うなれば裏世界の同僚だ。あの噂を耳にしていても不思議はない。驚いたのは、だから。

「……イルベル大火災、というのは、いったいなんの話ですか？　それに、どうして俺が関与していると？」

「お前、なにも知らないのか？」

　どこか嘲笑すらしているような語調で、アッシュは続ける。

「今朝、鉱魔電信機で流れたニュースだ。『王国南部のイルベル村で火災が発生。家屋の損壊具合から爆発による火災と判明。調査団の調べでは、犯人は他国の鉱魔術師ではないかと見られる』。周囲の森は、いまでも延焼し続けているそうだ」

「……、……」

「数日前、中央教会から執行人『カイル』がイルベルに左遷されたことは知っていた。噂の渦中にいる人物だからな。嫌でも『カイル』の情報は耳に入ってくる――そのタイミングで起きた、今回の火災だ。化け物のお前が関わっていると見るのは当然だろう。鉱魔術師の犯行に偽装するあたり、悪魔という異名も偽りじゃない。執行対象だけじゃ飽き足らず、罪なき人間まで殺したくなったか？」

「品のない殺人鬼と一緒にしないでください」

「ウグッ」

　絨毯に溺れさせるようにして、アッシュの背中を押しつぶす。

予想以上に早く調査団が入ったようだった。すこし、いやかなり動きが早い気がする。

それに、犯人を『他国の鉱魔術師』と限定しているのも引っかかる。

「そもそも」

疑念はひとまず頭の片隅に。俺は話題を移した。

「どうしてアッシュさんは、俺が執行人の『カイル』だとわかったんですか？　さっきの説明からするに、あなたは『カイル』の噂や情報は知れても、俺の顔などの個人情報までは知り得なかったはずだ。執行人は不干渉が基本。師弟関係でもない限り、ほかの執行人の顔を知る機会はないはずですが……」

「メリルに無理やり教えられた」

メリル。

その名前を耳にした瞬間。すべてを納得すると同時に、全身に倦怠感が襲いかかった。

「数年前、諸用で執行議会本部に出向いたとき声をかけられたんだ。そのときに、魔術を使った記憶転写でお前の過去の訓練風景を見せられた。『ウチの自慢の弟子なの』とかなんとか言っていた。顔はそのときに憶えた。弟子思いのいい師匠を持ったな、罪人殺し」

「………あのイカれ女」

メリル・ザ・ハード。

執行人であり大魔術師でもある師匠は、子どもを溺愛する親バカよろしく、弟子の個人情報を許可なくバラまいているようだった。

……件の噂を流した犯人、まさか師匠だったりしないだろうな？

「まあ……とりあえず、アッシュさんが俺を疑った理由はわかりました」

拘束の手を、逃げられない程度に緩めて、俺は言う。

「ですが、俺はあの火災の犯人じゃありません。もちろんオロレアを燃やすつもりもない。本当にただ、ここで雇ってほしいだけなんです」

「それを、オレに信じろと？」

「突然斬りかかってくる牧師よりは、信用できると思いますが？　――それとも、ここにレミアさんの首を持ってこないと信用できませんか？」

もちろん冗談だ。殺人鬼あつかいしてくるアッシュの軽口に反撃したまでにすぎない。

だが、彼の逆鱗に触れるには、それだけで充分すぎたようだった。

「お前……お前ッ!!」

突如、アッシュは激しく身体をバタつかせた。背中に乗っている俺が跳ね飛ばされそうなくらいに強い力だ。緩めていた拘束を再度強める。

「いいか、レミアに手を出してみろ！　死んででも地獄に叩き落としてやるッ!!」

「いや、あの……冗談、冗談ですって」

「レミアは、レミアだけは絶対に守る!!　お前なんかに殺させはしないッ!!」

「わ、悪かった。ごめんなさい、レミアさんに危害は加えません。アッシュさんが化け物だなんだって言うから、ちょっと言い返しただけです、よッ！」

「ウググッ！」

これまで以上に強く押さえつけ、激昂したアッシュをなだめる。

寡黙で無感情な人間かと思ったのに、まさかここまで感情的になるとは。

俺に襲いかかってきたのも、レミアを守るためだったのかもしれない。

なんとか俺の言い分を信じてくれたのか。程なくして、アッシュは鼻息を荒くしながらも、渋々といった風に問いかけはじめた。

「……なら、昨夜の火災はなぜ起きた？　犯人じゃないのなら納得のいく説明をしろ」

「もちろんです」

茶化さず真剣な声音で言い、俺はアッシュの拘束をといて腰を上げた。

アッシュも立ち上がり、距離を空けて、俺を真っすぐに見据える。

敵意は残っているが、殺意はやわらいだ。

話ぐらいは聞いてやる、という意味だろう。

七色の陽射しを浴びながら、俺はこれまでの経緯を明かしていく。

嘘情報を伝えることも考えた。だが、執行人は勘が鋭い。大火災という結果につなげる経緯をでっちあげるのは、不可能ではないが、費用対効果が悪いと結論付けた。

無論、ロゼの能力は一切明かさないでおく。オロレア教会を頼ってきた新しい理由も、ロゼの新しい職場を求めて、ということにしておいた。

「……爆発の異能を持った鉱魔術師、か」

説明を聞き終えたあと、アッシュは思案しながら両腕をつかねた。

「首謀者の意図はどうあれ、結局、お前が騒動を引き起こしたようなものじゃないか」

「弁解の余地もありません。まあその分、そいつにはきっちり罪を償わせますが」

「……それは、どうだろうな」

「？　どういう意味ですか？」

「いまのお前では簡単な執行もままならない、という意味だ――ともあれ、お前の言い分はわかった。ひとまず、広場に戻るぞ。レミアは怒ると厄介なんだ」

そう言い残して、アッシュは俺の脇を通りすぎ、早々に外に出てしまった。

簡単な執行もままならない？　負け惜しみで言っている、ようでもなかったが……。

しばらく考えても答えは見つからず、俺はひとり悩みながら、教会を後にした。

陽が傾きはじめた中。中央広場に戻ると、そこには予想だにしない光景が広がっていた。

「……なんだ、これ」

懺悔室（ざんげ）そっちのけで、ロゼとレミアが、子どもたちと楽しそうに遊んでいた。

正確には、ロゼは女の子たちと一緒に車座になって花の冠を作り、レミアはやんちゃな男の子たちに交じって鬼ごっこをしていた。

懺悔勝負よ、いずこへ。

アッシュがやれやれといった風に肩をすくめる。やはりこうなったかと言わんばかりだ。

直後。街灯の鉱魔電信機（レディオラル）から、ノイズ混じりの鐘の音が流れはじめた。

タイムアップだ。

全力で子どもたちを追いかけていたレミアが走りを止め、迫真の顔で「ハッ!?」と懺悔室とロゼを見やった。

鬼ごっこという別の勝負に本気になって、本丸の勝負を忘れていた反応だ。

ロゼもまた、しまったとばかりに口を押さえ、周りの女の子たちに笑われていた。

「け、結果は？　わたくしとロゼリア、どちらのほうが多く懺悔を聞き出せましたの？」

息も絶え絶えにレミアが訊ねると、アッシュは懺悔室を片付けながら。

「オレたちは数えていない」

「なッ……なぜですの⁉　そこは数えておくものでしょう！　それでも聖職者なの⁉」

「懺悔の数くらい、レミアなら覚えているものだと思ってな。数える必要もないのかと。それともレミアは、大事な信者が何人来てくれたのか、覚えていないっていうのか？」

「ま！　口下手なくせに、こういうときばっかくるくるくるくる口が回るんですから！　あなたのお口、いつかバターになってしまえばいいんですわ！」

「口はバターにならないぞ？」

「知ってますわよッ！」

ドッ、と広場に集まる住民たちが笑った。このふたりのこうしたやり取りは、オロレアでは恒例なのかもしれなかった。

「あ、あの、カイルさん」

と。申し訳なさそうな顔のロゼが、花冠を手におずおずとこちらにやってきた。

「すみません。途中から、子どもたちに外に引っ張り出されちゃって……私も、どれくらい懺悔を聞いたか数えていなかったです」

「謝らないでください。俺も数えていなかったので。こちらこそすみませんでした」

「そ、そうだったんですね……あの、それじゃあ、ちょっと」

そう言って、ロゼは手を下げるジェスチャーをした。

屈んで、という意味のようだ。

要望通り膝をついて屈むと、ポスッ、と頭に花冠を乗せられた。

「えへへ、かわいい」

「……ありがとうございます」

「どういたしましてです」

にへら、と頬を緩ませるロゼを前に、俺は思案する。

摘んだ花、まして冠に編んでしまった花の寿命はどうあっても延ばせない。どうすれば長く枯らさないでいられるだろう。水に浸けるわけにもいかない。どうやったら、この花冠を長期間、保持することができるだろうか。

（……そうか、錬金術なら、あるいは！）

なんて馬鹿な考えを巡らせていたとき、パンパン、と手を叩く音が響いた。レミアだ。

噴水の淵に立ったレミアは、大軍勢率いる総大将よろしく、達成感に満ちた顔で告げる。

「此度の懺悔勝負、引き分けですわッ！」

俺たちの住処と、再就職先が決定した瞬間だった。

□

中央広場を離れ、オロレア教会に戻る。簡易懺悔室を片付け終わった頃には、夕陽が街の外壁の奥に沈みかけていた。

俺は礼拝堂の椅子にひとりで座っていた。ロゼとレミアは教会併設の宿舎へ行っている。レミアが、余っている修道服をロゼにあげるのだそうだ。アッシュは夕飯の支度に食堂へと向かった。礼拝堂にまでおいしそうな匂いが漂ってくる。

長く息を吐き、天井を仰いだ。七色のステンドグラスが差し込む茜日(あかねび)をより切なく彩る。夜が近づくにつれ、その色合いは濃さを増し、礼拝堂を深海の水底へと変化させた。

そんな幻想的な光景を眺めていた最中。

「――ほう、新しい牧師か？」

教会の扉が開く音とともに、妙に耳に残る、しゃがれた声が聴こえてきた。

扉付近に、豪奢(ごうしゃ)な法衣(ほうえ)をまとった老男性が立っていた。六十代半ばほどだろうか。その法衣は、教会の上位階級の聖職者を示す証(あかし)だった。

レミアが言っていた『司教さま』か。

いまの俺は一牧師にすぎない。急いで立ち上がり、静かに頭を下げる。

すると。老男性は驚いたように目を見開いたあと、笑みをこぼしながら歩み寄ってきた。

「私は神じゃない。頭など下げなくてよい。大事なときに祈りが届かなくなるぞ——私はザカフ。ザカフ・オリオスだ。このオロレア教会で司教をしている。ちょうど、聖地から帰ってきたところだったんだが……きみは？」

今日からお世話になります、カイルです。姓はありません。

そう端的に名乗り、恭しく胸に手を当てる。

老男性——ザカフは、わずかに間を空けて、やさしく微笑んだ。

「カイル、良い名だ。牧師カイルに、神のご加護があらんことを」

お決まりの定型句を述べ、首から提げた煌びやかなロザリオを左手に持つと、ザカフは右手をこちらの頭に伸ばしてきた。

中央教会で何度もやられてきた、祝福を与える行為だ——断るわけにもいかず、その場に膝をついて頭を差し出す。ザカフの手が髪に触れ、俺の頭皮に接触しようとした。

わずかに、嫌な予感が背中を走る。

そのとき。

ガチャリ、と祭壇横の扉が開き、レミアが顔を出した。

途端。ザカフがまるで熱湯に触れたかのごとくサッ、と手を離し、俺との距離を空ける。

……なんだ、いまの反応は？

「あら、司教さま！　お帰りになられていたのですね」

「つい先刻な。変わりはなかったか？」

「ふふ。半日程度しか空けてらっしゃらないのですから、心配なさるようなことはなにもありませんわ。ああ、でもうれしいことならひとつ。新しい仲間がふたり増えましたの！　ご紹介いたしますわ！　ひとりはそちらのカイルと、ああ、すこしお待ちになって！」

嬉々（きき）として言い、レミアが扉の奥に走っていった。ロゼを呼びに行ったのだろう。

ザカフがこちらを向き、やれやれ、と肩をすくめた。

俺も苦笑してみせて、体勢を戻す。

夜に移り変わる礼拝堂の中。ザカフの声が、なぜか耳の中で反響し続けた。

□

「教会に併設されているこちらの宿舎は、もう空きがありませんの。非常食や古い道具、戦争時の拷問器具なんかを保管している地下倉庫なら空いてますけど、そんなところ嫌でしょう？　ですから、カイルとロゼリアには、住宅街の外れにある一軒家に住んでもらいたいんですの。オロレア教会所有の持ち家ですから、遠慮は無用ですわよ」

寝床を用意してもらえるだけでもありがたい。

まさか文句をつけるわけもなく、レミアが描いてくれた地図を頼りに、俺とロゼは新居となるその一軒家を目指した。

オロレア教会を出ると、外はとっぷり夜になっていた。夜空には星が散らばっている。民家に灯る団欒の明かりと笑い声。等間隔に並ぶ街灯は、薄暗い路地を照らす道しるべだ。

そんな文明の火を眺めながら、ロゼは感嘆の息をもらした。

「夜なのに、こんなに明るい……すごいんですね、街って」

「ですね。でも、王都はもっと明るいですよ。眠らない街なんて呼ばれるくらい、街全体が夜の間も明るいままなんです」

「へえ！　そんなのもう、想像できないです……いいなあ、いつか見てみたいな」

ロゼの瞳が、星空と同じくらいキラキラと輝く。

生まれてこの方、村の外に出たことがないという推測は、どうやら当たりのようだった。王都から来た俺を見て珍しがるわけだ。

「こちらでの生活が一段落したら一緒に見に行きましょう。一応、王都での暮らしはそれなりに長かったので、ある程度は案内できると思います」

「……一緒に、ですか？」

「え？　――ああ、もちろん、ロゼさんさえよろしければ、の話ですけど」

「よ、よろしい、よろしいですッ！　ぜひ一緒に見に行きたいです！」

「わかりました。では、約束ということで」

「えへへ！　はいッ、約束です！」

こちらまでうれしくなる笑顔を見せて、ロゼは弾むようにスキップをしはじめた。

こんなに喜んでくれるのなら、王都以外の観光名所に連れていくのもアリかもしれない。

あくまで、利用しやすくするために手懐けておくためだが。

ちょうど、そんな言い訳のようなことを考えていたあたりだったと思う。

背後の路地から、おかしな魔力を感じ取ったのは。

「……ロゼさん、ちょっと」

「どうしましたー？　……あ。やっぱ約束はなしで、とかは聞きませんからね！」

「いえ、約束はちゃんと守りますが――そうじゃなく、すこし……そう、買い忘れたものがありまして。先に家に行ってもらってもいいですか？　ほらあそこ、路地の先に見える赤い屋根の家がそうみたいですので、あとは真っすぐ進むだけです」

「買い忘れなら、私もついていきますけど？」

「お気遣い、ありがとうございます。でも、すぐに済むので大丈夫ですよ」

「そう、ですか……それじゃあ、先に行って待ってますね？」

「はい、またあとで」

すこしさみしそうに手を振り、タタタ、と路地を駆けていくロゼ。その背中が新居の中に入ったのを見届けたところで、俺は胸元に潜ませている短剣に手を伸ばし、踵を返した。


おかしな魔力をたどり、血管めいた路地を進むと、オロレア西部の外壁に行きついた。

静寂が辺りを支配していた。外壁周辺に並ぶ建物は倉庫や工場がほとんどで、人の気配もない。

だからこそ、外壁沿いの路地に佇むその人影は、異質に目立った。

男がひとり外壁にもたれていた。ツンツンとした赤髪の男だった。灰色の厚手のコートを羽織っている。わずかに見える首の太さから、その体格の良さがうかがえた。

「――怪我の功名」

街灯の下。その男は、不敵な笑みを浮かべながら口を開く。

「こういうのを、怪我の功名っていうんだよなァ。まさか、潜入直後にあんなニュースが流されるとは思わなかったが、おかげでテメェの居所の目星がついた。あとは、不自然な魔力をこれ見よがしに垂れ流せば……へへ、時代遅れの魔術バカが釣れるって寸法だァ。シンプルでわかりやすい。なァ、テメェもそう思うだろ？　罪人殺しの悪魔」

「……何者だ？」

執行人であることは確定だ。だから、俺が訊ねたのは、敵かどうかという意味だった。

「へへ、単刀直入に聞いてくんじゃん。シンプルでいいね！」

嫌いじゃねェ。

そう付け足して、男は羽織っていたコートを脱ぎ、バサッと宙に放る。

男が身にまとっていたのは、紺色のローブに似た衣服。

隣のダウロン帝国の主宗教――ジオルーフ教の祭服だった。

次いで目に飛び込んできたのは、男の両腕に装着された、その髪色と同じ真っ赤な籠手だった。板金鎧の腕部分をド派手にカスタマイズしたような、頭の悪そうな装備品だった。

（ジオルーフ教の執行人が、どうして俺の下に……？）

ルルの家で耳にしたニュースによれば、現在、ダウロン帝国からの入国者は制限されている。密入国者は懲罰刑に処される、とも。

　この男は、そんなリスク負ってまで俺に会いに来た、というのか？

　訝（いぶか）しむ俺をよそに、男は籠手の拳部分を突き合わせ、好戦的な笑みで名乗る。

「俺様はゴルルカ・アイザック！　ジオルーフ教、アハマ教皇の命により、テメェを帝国に連行する！　拒否権はねェ！　死にたくなきゃあ、おとなしく捕まっとけ！」

「……連行の理由は？」

「説明すんの面倒くせェ！　教皇にでも直接聞いてくれ、や――ッ!!」

　言い放った直後、赤髪の男――ゴルルカの肢体が、こちらに向かって弾（はじ）けた。

　敵であることも確定だ。すべてが唐突で曖昧だが、まあいい。連行理由などは殺す前に拷問で聞き出せばいいだろう。

　猪突猛進（ちょとつもうしん）に突っ込んできたゴルルカが雄叫（おたけ）びとともに右拳を振り上げ、打撃を繰り出す。

　速い。速いが、あまりに軌道がシンプルすぎる。あと、うるさい。攻撃方法が脳筋すぎて、同じ執行人として恥ずかしい。

　難なくその打撃を避（よ）け、ゴルルカの首筋に短剣の一閃（いっせん）を走らせる。頸動脈（けいどうみゃく）を切れば戦意も喪失するだろう。三分程度は死なないはずだ。

　瞬間。火花が散り、甲高い金属の衝突音が響く。

　斬撃が皮膚を裂く寸前。ゴルルカの左拳の籠手が、俺の短剣の刃を弾いていたのだ。

「捉えたぜ」

ニヤリ、と口端を歪(ゆが)ませたかと思うと、ゴルルカは再度、右拳を短剣の刃に叩(たた)きつけた。

ガラ空きの俺の顔面に、ではない。わざわざ短剣の刀身を殴りつけたのだ。

意図の読めない攻撃に、一旦距離を取ろうとバックステップで脱出を図る。

しかし、逃がさないとばかりにゴルルカは距離を詰め、またも執拗(しつよう)に短剣の刃を殴る。

そこでようやく、異変に気づく。

同じモーションのはずなのに、先ほどの一撃よりも威力が増していた。

その疑念が確証に変わったのは、数秒後のこと。

俺からの斬撃を避けた後、ゴルルカがひねるようにアッパーカットを繰りだした瞬間、短剣の刃が粉々に砕け散ったのだ。

処刑魔術だけでなく、耐久強化魔術も付与されている短剣の刃が、だ。

「なッ……、これは――」

「俺様の鉱魔術、名付けて【拳坤一擲(ダブルランカー)】だァ！」

刃の破片が星のように散らばる中。猛攻を続けながら、ゴルルカは高らかに叫ぶ。

「鉱異石が埋め込まれたこの籠手は、対象を殴るごとに威力をどんどん倍にしていく！　2の威力が4へ、4の威力が8へ、8の威力が16へ！　最終的には、岩山さえもたやすく砕く!!　この能力で俺様は、ジオルーフ教の執行人ナンバー2にのし上がったのさァ！」

ゴルルカの拳が、俺の左肩にヒットする。

赤髪が楽しげに嗤った。無軌道に放たれた連打が、ガードに上げた俺の左腕を襲う。

重々しい鈍い音とともに籠手がめり込む。俺の左腕が、ぐしゃり、と脆くも折れた。

いまではもう、ゴルルカの拳が掠めるだけで強い衝撃が走る。服の上から腹を掠めただだけで、口から大量の血が噴きだした。内臓をハンマーでブッ叩かれたかのようだった。

殴るたび威力が倍になる、言うなれば『倍化』の異能。

シンプルだけど、最強。

シンプルゆえに、最凶。

「さあ、罪人殺しとやら！　テメエの実力を見せてみろォッ!!」

歓喜に満ちた咆哮とともに、またも繰り出される連撃。もはやゴルルカの殴打は十トン相当の威力にまで跳ね上がっている。

だからこそ、俺は避けずに、受けることを選んだ。

ただし。自身の身体で、ではない。

もはや使い物にならなくなった、短剣の柄で、だ。

迫りくるゴルルカの拳を見定め、手にした柄をわざと当てる。

と、計算上では粉々になるはずの柄が、まったく破壊されずに原形を留めた。

威力が弱まったのか？　いや、ちがう。

「対象が変わると、積み重なった威力はリセットされるのか」

目を見開き、後ずさるゴルルカ。

俺は、口元の血を拭い、刃の砕けた柄を捨てて。

「だから、執拗に刃を狙ってたのか。倍化の能力はひとつの対象にしか適応されないから。最初は刃、次に俺、そして最後にこの柄に切り替わったわけだ。刃と柄は短剣というひとつのカテゴリにまとめられているかと思ったが、どうやらちがうようだ。刃を失い、短剣としての機能を失った時点で、残された柄は短剣とは見なされなくなるみたいだな。なるほどなるほど、理解した。鉱魔術のくせに、意外と論理的でシンプルなカラクリじゃないか。『嫌いじゃねェ』よ、その異能」

「……こりゃあ、ちとやべえ流れかなァ？」

「実力を見せろと言ったな？　いいだろう」

言いながら、俺は右腕を天に掲げ、処刑魔術を発動する。

処刑魔術はなにも、短剣がないと発動できないわけではない。短剣はあくまで発動短縮のための媒介。俺という発案者がいれば、処刑魔術はいつでも、どこでも発動できる。

頭上に魔法陣が展開されると同時、辺り一帯が青白く灯りはじめた。

粉々に砕いたのは、間違いだったな。

「下からの雨を見たことはあるか？」

刹那。

路地に散らばる刃の破片が魔力を帯び、重力に逆らい空に向けて高速で飛び上がった。

処刑魔術、第二懲罰形態【槍罪】――あらゆるものを貫く、裁きの槍だ。

地上から空目がけて、弾丸のように飛来する無数の槍。

細かく砕け散ったソレらは、ゴルルカのふたつの拳だけでは『捉え』きれない。

「グッ……う、ガあァぁァアッッ!!」

全力で両腕を振るい、真下からの槍の雨を弾くゴルルカ。脳筋らしい対処法だ。その様はまるで、群がる大量の蜂を払っているかのようだった。

すべての破片が空に消えた頃には、ゴルルカの全身は裂傷と出血で真っ赤になっていた。

満身創痍といった様子の赤髪が、呼吸を荒くしながらキッ、と俺を睨む。

「て、テメェ……よくも、俺様に、こんな……！」

「まだ終わりじゃないぞ？」

やはり、雨は上から降ってこそ。

掲げた手を振り下ろすと、空に消えた破片が地上に一斉に降りそそいだ。

つんざく金属音の多重奏。鉄の五月雨が石畳とゴルルカの身体を打つ。

戦闘態勢を維持していたゴルルカだったが、降りしきる槍の雨に負け、ついには籠手を傘代わりに防御の姿勢を取った。戦意喪失だ。

（――いや、もういい）

拷問で聞き出す必要もない。脳筋のこの性格だ。どれだけ痛めつけても、口を割らないだろう。なら、この場で処刑したほうが効率的だ。

そう執行人らしく冷徹に判断し、槍の雨の威力を強めようとした、その瞬間。

〝――ですから、ひとを殺めるのは、もう――〟

どこぞの甘ったれたシスターの泣き顔が、脳裏をよぎってしまった。

槍雨の威力が、途端に弱まる。

魔術は、術者の精神状態に大きく左右される。

つまりは、俺の本能が殺さなくてもいいと、そう判断してしまったのだ。

破片がパラパラと力なく落ちる。あれでは皮膚を裂くこともできない。

防御態勢を解き、不思議そうに空を見上げるゴルルカ。

俺からの追撃がないと見るや否や、ゴルルカは傷だらけの手で右目を押さえだした。

俺を見つめる見開かれた左目に、魔力が集まっていく。

「この借りは絶対に返す！　覚えとけよォ、罪人殺しッ！」

言い捨てて、ゴルルカは地面の石畳を踏み抜くと、外壁の上にまで跳躍。そのまま街の外に逃げ去っていったのだった。

路地に静寂が戻る。俺は、折れた左腕に治癒魔術をかけながら、ため息をついた。

「……まんま悪党の捨て台詞だな」

ゴルルカが左目に魔力を集めたアレは、【記憶転術】。

目にした光景を映像に変換して、術者の網膜に焼きつける魔術だ。アッシュが、メリルに無理やり見せられたという記憶転写の魔術がソレにあたる。

大方、俺との戦いを網膜に記録し、お仲間……同じジオルーフ教の執行人仲間に見せて、情報を共有するつもりなのだろう。

口内に残った血を吐き捨て、奴がここに来た経緯を先の会話から推測する。

怪我の功名、と言っていた。

おそらくゴルルカは、危険を冒して密入国を果たした直後、イルベルのニュースで『犯人は他国の鉱魔術師』と報道されたことで身を潜ませなければいけなくなった。秋には早い、厚手のコートで素性を隠して。

しかし、その報道でイルベルに注目したことで、数日前に王都から左遷されていた不審な牧師の存在に気づいた。罪人殺しの悪魔かはわからないが、たしかめてみる価値はある。

そう考えたゴルルカは、イルベルから俺がいなくなっていることを確認した後、最も近い街のオロレアに赴き、かの噂にならって魔力を撒き餌にした。

〝――化け物のお前が関わっていると見るのは、当然だろう――〟

要は、アッシュと同じ理論で俺の居場所に気づけた、というわけだ。こちらのほうが、俺の顔を知らない（知れない）分、当てずっぽう感は否めないけれど。

つまりそれは、ほかの敵も同様の理論で俺の下にたどり着ける、という意味でもある。

俺を連行する理由は不明だが、あの捨て台詞からするに、ゴルルカの仲間が現れるのは時間の問題だろう。入国制限がかかっている現状、目立った動きは取ってこないだろうが。

（面倒なことになりそうだ……）

幸いなのは、ゴルルカたちの狙いはあくまで俺で、ロゼを狙っているわけではない、という点か（そうでなければ、ロゼと帰っていたあの路地で奇襲を仕掛けてきたはず）。

少女が無事であれば、俺はいくら狙われてもかまわない。坦々と執行するだけだ。

「……とりあえず、帰ろう」

左腕の怪我を見やり、嘆息して、俺は人気のない外壁前を後にした。

証拠作りのためのクレープを買って、赤い屋根の一軒家の玄関を開けると、モワッ、と湿った蒸気が外に飛びだしてきた。

と同時に、目前に見える廊下の奥――おそらくは風呂場に続く洗面所から、慌てた様子のロゼが駆けてきた。修道服の前部分が濡れている。

「カイルさん、ちょうどよかった！　た、助けてくださいッ！　カイルさんのためにお風呂を入れようと思ったんですけど、お湯が熱くなりすぎちゃって……それで、壁についてるスイッチ？　を押して温度を下げようと思ったら、もっと熱いお湯が出てきて！」

「……なるほど、この蒸気はお風呂の」

「ど、どうしましょう！　このままだと、家の中がお湯でいっぱいになっちゃいます！　私、昔から泳ぐのも苦手で……！」

わたわた、と狼狽するロゼを落ち着かせて、後ろ手に玄関の扉を閉める。

風呂場に向かう最中。連れ立つロゼが「あ、そういえば」と思い出したように言った。

「おかえりなさい！　カイルさん！」

「……はい、ただいまです」

ただいま。
生まれてはじめて口にしたその言葉は、首の後ろを心地よくくすぐった。

# 第三章 ✥ 悪魔の存在意義

chapter 03

悩みも後悔もない言葉ほど、耳障りな雑音もない。
ゆえに、ああ、私は懺悔(ざんげ)をよじれるほど愛してる。
（ジオルーフ・オルスラ／『調律の聖女』、ジオルーフ教始祖）

□□

「はい、そこまで」

パン、と手を叩(たた)くと、ロゼは掲げていた両手を下げ、青空を仰いだ。

「ふぃー、どうでした？　カイルさん」

「うん、いい感じです。しっかり消失していますね」

「やったー！　なんとなくコツが摑(つか)めてきたかもです！」

喜ぶロゼを尻目に、樹の幹に突き刺していた短剣を抜き取る。

やはり空っぽだ。昨夜、短剣に込めたはずの魔力は、綺麗さっぱり消失している。

迎えた翌朝。オロレアの新居、その庭での一幕だった。

まだまだ披露する段階ではないけれど、いまのうちから無効化の能力の使い方を学んでおこうと、早朝訓練を行っていた。

ロゼの覚えは早かった。この三十分程度の訓練で、能力の放出量を自在に操れるようになっていた。短剣内に込められた魔力を半分だけ消す、三十秒かけて魔力を空にする、といった高難度の芸当も、いまの少女なら朝飯前である。

魔術はあつかえずとも、魔力自体は感知できるのか。短剣内の魔力を消失させていく中で、ロゼは自身の能力の存在をしかと実感していったようだった。

わかったことは、魔術のようにイメージによる『色付け』が必要ないこと、精神状態に依存するということだ。

俺がサポートのためにロゼの右手首に触れ、顔を近づけて目標の短剣にかざしたときは、なぜかうまくいかなかった。

他人が近くにいると、集中できないのかもしれない。

「では最後に、対象を無機物から有機物に変えてみましょう。ロゼさん、俺の右腕の魔力を消してみてください。右腕の魔力だけですよ。それじゃあ――」

「了解です！」

「――え？」

言うが早いか、ロゼは二メートルほど離れた位置から手をかざし、俺の右腕に巡る魔力を一瞬にして、瞬き(まばた)をする間もなく消失させてみせた。

差し出しかけた右腕をかかえ、思わず息を呑(の)む。

本当は、握手をした状態で……接触した状態で、能力を試そうと思っていたからだ。

それをロゼは、離れた場所から一瞬で、寸分たがわずこなしてみせた。

（……天才だな、これは）

能力の放出イメージを的確に捉えている。力の具象化が抜群に上手(うま)い。

こればっかりは鍛えられるものじゃない。天賦の才だ。

もしも普通に魔術をあつかえていたら、メリルを超える魔術師になっていたことだろう。

少なくとも、俺よりは優れている。

圧倒的な才能を前に、もはや苦笑しながら、この日の早朝訓練は終了。

文字通り朝飯の前だったため、ふたりして腹の音を鳴らしながら家に戻った。

□

オロレア教会での初仕事がはじまった。

早朝のミサを終え、牧師とシスター、それぞれの業務に入る。辺境だろうが王都だろうが仕事内容に大きな違いはない。慣れた手つきでこなしていく。

ミサに来た信者が礼拝堂からいなくなった頃、レミアに呼び出された。ロゼも一緒だ。

「オロレア教会は、聖地ノスタルンに近い中継都市でしょう？」

俺とロゼを引き連れながら、レミアは背中越しに語る。

「ですから、巡礼目的の信者も多く訪れるわけですけれど、この方たちがまあ、とにかく懺悔を吐露していくんですの。聖地にあやかってなのか、旅の恥は掻き捨て的な感覚なのか……なんであれ、わたくしひとりではさばき切れないほどの信者が懺悔にいらっしゃるんですの。なので、これからはロゼリアにもその方たちの相手役をしてほしいんですわ」

たどり着いた先は、教会の裏手。

昨日、中央広場で使用した簡易懺悔室が置かれている場所だった。

「教会での仕事がないときは、こちらに入って待機していてくださいまし。教会内にある懺悔室はわたくしが入って待機していますから、なにかあればそこへ」

「わ、わかりました。がんばります！」

「そして――カイル」

張り切るロゼの頭に手を乗せ、やさしくなでながら、レミアは言う。

「あなたには、ロゼリアの護衛役を頼みますわ」

「護衛役？」

「警備役とも言えますわね。過去に三度ほどあったんですけれど、ジオルーフ教の信者が聖地を渡って密入国し、オロレア教会に押しかけてきたことがあったんですの。『聖地を奪うな』とかなんとか叫びながら、それはもうものすごい剣幕で」

「それは……いまは、余計に怖いですね」

「そう。いまは、怖いんですのよ。入国制限がかかったいま、ファリス教とジオルーフ教は明確な敵対状態にありますから。聖地を奪還せんとする過激なジオルーフ教信者が、この機に乗じてオロレア教会になだれ込まないとも限らない――ですから、カイルにはもしものときに備えて、ロゼリアを護ってほしいんですのよ。牧師の業務を逸脱したお願いにはなってしまうんですけれど、頼めますかしら？」

ロゼだけの護衛を頼むあたり、レミアにはアッシュという護衛役がすでについているのだろう。アッシュを見たときに感じた護衛役という印象も、間違いではなかったようだ。

「もちろんです。ロゼさんは、俺の命に代えても護ってみせます」

元々、俺はロゼを護る刃だ。護衛役だなんて願ってもない話だった。

俺の誓いにも似た宣言を聞くと、レミアは楽しげに目を細めた。

「ふふ、頼もしいこと。よかったわね、ロゼリア？」

「あ、えっと、あの、………はい」

顔を真っ赤にし、うつむいてしまうロゼ。

今日の気温は高くない。どころか肌寒いくらいだ。なぜ顔が赤くなったのだろう、と俺はしばらく頭を悩ませたのだった。


ロゼは、シスターとしても優秀だった。

ロゼが待つ簡易懺悔室に信者を誘導したあと、俺は教会裏手前の路地で見張り兼警備に回る。懺悔は平均で十分ほど。信者たちは皆、不安と後悔に満ちた表情でここを訪れるが、懺悔室から出てくる頃にはその目に希望を滲ませていた。

ロゼは人懐っこい。そのやわらかな雰囲気は、信者の懺悔をスルスルと吐き出させる。

そこに、少女に生来備わる『本質を見抜く力』だ。信者は嫌でも自身の過ちと対峙させられ、否が応にも解決策を模索しなければいけなくなる――けれどその結果、逃げることばかり得意になった俺たちは、ロゼの力によって前に進む意志を授かる。

迷える子羊に、道しるべを与える。

そんな力を持つロゼにとって、シスターはまさしく天職だった。

「……やればできるんだな」

小声でつぶやく。昨夜、風呂の温度調節でパニくっていた人間と同一人物とは思えない。

すると、懺悔室の右側、聖職者用の小部屋の扉が開き、ロゼが出てきた。

トイレだろうか？　タタタ、と歩み寄ってきて、ロゼは得意げな顔で俺を見上げる。

「えへへ、そうでしょう？」

「？　なにがですか？」

「いま、小さな声で『やればできるんだな』って言ってくれたじゃないですか。そのことですよ。ふふん、もっと褒めてくれてもいいんですよ？」

「…………」

先ほどの俺のつぶやきが聴こえたというのか？　簡易懺悔室からここまで五メートルは離れていて、おまけに扉も閉まっていたのに？

義妹で神絵師なギャルと送る、世界で一番うらやましい同居ラブコメ！

**新作**

## なーんにもできないギャルが唯一できるコト

鈴木大輔　イラスト／ゆがー

転校してきた超美少女ギャルが、俺の隣の席になった。そして義妹になった。さらに、激推ししてる神絵師だった！　でも、彼女は絵を描くこと以外には“なーんにもできない”ヤツで、あらゆるお世話が俺の役目に!?

**新作** 極めて傲慢たる悪役貴族の所業
黒雪ゆきは　イラスト／魚デニム

**新作** 独身女上司が、ある日「抱いてほしい」と頼んできた
望公太　イラスト／しの

腕を失くした璃々栖2 ～明治悪魔祓師（エクソシスト）異譚～
明治サブ　イラスト／くろぎり

無口な小日向さんは、なぜか俺の胸に頭突きする2
心音ゆるり　イラスト／さとうぽて

陰キャだった俺の青春リベンジ4 天使すぎるあの娘と歩むReライフ
慶野由志　イラスト／たん旦

クラスで2番目に可愛い女の子と友だちになった4
たかた　イラスト／日向あずり

お見合いしたくなかったので、無理難題な条件をつけたら同級生が来た件について7
桜木桜　イラスト／clear

発行：株式会社KADOKAWA
https://www.kadokawa.co.jp/

※ラインナップなどは予告なく変更になる場合があります。

左遷された最強の生きる道――
それは才能を秘めた
少女を導くこと
辺境に左遷された暗殺魔術師・カイル。そこで出会った少女は、日常魔術も使えない落ちこぼれ――のはずが、世界を変えうる力を秘めていた！「聖女に、なりたくないですか？」小さき聖女と導き手の物語が始まる！
新作
見習い聖女の先導者
秋原タク　イラスト／瑞色来夏
TVアニメ2期
進行中！
"世界の果ての壁"を越えて、ヒスイ王国の姫君がゾルタンに!?
「船を作りたいの」南の島でのバカンスに刺激を受け、そう切り出したヤランドララに連れられて、かつてルーティが沈めた最新鋭のガレオン船の見学にきたレッドたち。そこにヒスイ王国からの漂流船が現れて――!?
真の仲間じゃないと勇者のパーティーを追い出されたので、辺境でスローライフすることにしました12
ざっぽん　イラスト／やすも

## 第29回 スニーカー大賞作品募集中!

**大賞300万円＋コミカライズ確約**

金賞100万円 銀賞50万円 特別賞10万円

後期締切 **2023年9月末日**

イラスト/左

詳しくは ザ・スニWEBへ

https://kdq.jp/s-award

## LINEやってるよ!

お友達登録してくれた方には
LINEスタンプ風画像プレゼント!

新刊情報などをいち早くお届け!

イラスト／三嶋くろね

ほらほら、と見えない尻尾を振り、褒め言葉を待つロゼを前に、内心驚きを隠せない。

だが、ここで素直に褒めるのもなんだか癪だったので、少女の身体をくるりと翻させると、背中に流れる長い金髪を意味もなくポニーテイルに結わいてやったのだった。

「ふむ、上出来です」

「満足げだ……いや、意味わかんないですし、なによりリアクションに困ります！　動きやすくなったのでありがたいはありがたいですけれども！」

「あ。新しい信者さんが来ましたよ。懺悔室に戻ってください」

「完全スルー!?　そんなに褒めたくないんですかああそうですかがんばってきます！」

「はい、いってらっしゃい」

いってきます！　とプンスカ不満げに怒りながら、早足で戻るロゼ。

やはりロゼはおもしろい。自分でも驚くくらい、少女と接しているときの俺は感情豊かになれる。笑いが、自然とこみ上げてくる。

信者が小部屋に入ったのを見届けたあと、路地に戻って緩んだ頬を右手で隠す。

声をかけられたのは、そんなときだった。

「カイル」

響く重低音に呼ばれた。アッシュだ。

「お疲れさまです。アッシュさんには名前で呼ばれたことがないので、一瞬誰かと」

「外であの異名を呼ぶわけにもいかないだろう。それに、不本意ながら同僚になったんだ。これからは名前で呼ばせてもらう――そんなことより」

一度周囲を見回し、誰もいないことを確認すると、アッシュは俺の耳元でこう言った。

「執行任務だ、カイル」

感情の凍りつく音が聴こえた。

□

依頼人は女性。夫を自殺に追い込んだ男を罰してほしい、という依頼内容だった。

執行対象（ターゲット）は、『鉱異石の新たな可能性』と称した情報商材を依頼人の夫に売り渡した。あからさまな詐欺だが、純粋な夫は騙（だま）された。多額の借金だけが残り、夫は首を吊（つ）った。死ぬ直前、夫は依頼人と別れていた。借金を背負わせないためだ。

この詐欺を裁く法は、王国にはまだ存在しない。だからこそ、執行議会は被害者である女性に声をかけ、今回の依頼を発注させた。赦（ゆる）されざる罪を裁くために。

ターゲットの男は毎晩、詐欺で稼いだ金で酒場に入り浸っているらしい。

執行は今夜、酒場からの帰り道がベストだ、とアッシュは語った。

「ターゲットの家は、オロレアを出て東に行った先の湖畔にある。別荘を買う気分で一括払いで購入したそうだ。周りに民家はない。こんなに執行しやすい対象も珍しいだろう。執行方法はカイルに任せる。依頼人の要望はひとつ。『とにかく苦しませて』だそうだ」

「……ひとついいですか？」

任務の詳細を聞き終えたあと、俺は訊ねた。

「なぜ俺に執行任務が？　俺がここにいることは、執行議会はまだ知らないはずですが」

任務は基本、執行人個人にではなく、被害者が住む街の教会に舞い込む。執行議会の中ではまだ、俺はイルベル教会所属になっているはずだが。

「この任務は、本当はオレに来た任務だったんだ。それを、オレが無断でお前に委託した。カイル。お前の覚悟を確認するためだ」

「俺の、覚悟を？」

「オレたちは執行人だ」

ともすれば警告するような語調で、アッシュは言う。

「そして昨日、オレたちは戦った――にもかかわらず、お前はオレを見逃した。執行人に失敗は許されない。その信条を掲げる執行人が、対峙した敵を生かしたまま逃がしたんだ。

昨日の戦いが任務だったら今頃、お前は失敗した執行人として処分されている」

「――――」

「レミアはロゼリアを気に入っている。お前が死ねばロゼリアが悲しみ、同時にレミアも悲しむ。そうなったら結果的にオレが困るんだ。いたずらにレミアを悲しませたくない」

〝――いまのお前では、簡単な執行もままならない、という意味だ――〟

アッシュのあの言葉の意味を、いまさらながらに理解する。

事実、昨晩強襲してきたゴルルカという執行人を、まさに生かしたまま逃がしている。いや、逃したという意識すらないまま、俺はあの場を後にしていた。暢気に、証拠作りのクレープを買って帰っていた。

執行人としての意識が、自覚が希薄になっている、なによりの証左だ。

「だから、カイル。今回のこの任務で、執行人としての覚悟を思い出せ。レミアのために……そして、お前自身のためにも。いいな？」

「……わかりました」

気を引き締めて、しかし、おかしなわだかまりを覚えたまま、俺は任務を引き受けた。

求めた日常のはずだった。退屈ではない執行尽くめの日々。執行人として生きること、執行議会の駒になること。それが、俺の人生のすべてだった。

なのに。いまはその信条が、すこしだけ煩わしい。

□

「ねえ、聞いてる？」

ふと。拗ねるような幼い声が、俺の意識をオープンテラスのカフェに引き戻した。

商店通りの活気あふれる景色と、賑やかな喧騒が耳に甦る。

ふと視界の端。カフェ近くにある街灯の上に小鳥が一羽、留まっていることに気づいた。

昼食後の腹休めでもしているのか。真っ黒な目でこちらをジッと見つめていた。

「あ、ああ。悪い、聞いてなかった」

「……なに、寝不足なの？」

「ルルにだけは言われたくないな……」

思わず突っ込むと、対面に座る小柄な銀髪女性――ルルは、手にしていたホットサンドを皿に置き、ケチャップだらけの口からため息を吐いた。

「カイルはダメダメだね。ほんとダメ。いい？　ボクはやさしいから教えてあげる。こういうデートのときは、男のひとはやさしく女性をエスコートするものなのさ。その相手が仕事終わりで就寝直前だった女性なら、なおのこと気を配らなきゃいけない。ご飯を奢るのはもちろん、小粋なトークで場を盛り上げたり、疲れてる女性のために椅子になったり。そんな中で、相手の話を聞かないなんてのは一番ダメダメな行為なんだよ。それに――」

「ちょっと待ってくれ」

「なに？　まだボクのありがたいアドバイスは終わってないよ？」

「いや、というか、これってデートだったのか？　俺はただ、鑑定の進捗を聞きがてら昼食でもどうかと思って誘っただけなんだが……」

指摘すると、ルルはピタリ、とその饒舌な口を止めたあと、しばしの沈黙を経て。

「…………デートだなんて、言ってないけど？」

と、視線をそらしながら、堂々とトボけはじめた。

「いや、さっきたしかにデートって」

「言ってない。聞き間違いだよ。やめて、こっち見ないで。もしかして寝ぼけてる？」

「それも、ルルにだけは言われたくないな……」

「それより、さっきの話に戻すけど、あの子は？　あの座り心地のいい子。ロゼとか言ったっけ？　今日は一緒じゃないの？」

ついには話題までそらしはじめた。認める気はないらしい。

まあ、付き合わせているのにこれ以上言及するのも悪いか。

ルルの耳が赤いのをすこし気にしつつも、俺は口を開いた。

「ロゼは教会の同僚と昼食中だ。一応、誘いはしたんだけどな」

護衛の面でも一緒にいたほうがいいと思って誘ったが、ロゼには『あ、えっと……わ、私はレミアさんと済ませますので！』と、にべもなく断られてしまっていた。

「フラれてやんの。ぷぷぷ」

「口の周りがケチャップだらけのお姉さまに言われたくないな。ほら」

「な……、そ、そういうのは早く言って」

差し出したナプキンを乱暴に奪って、ルルはゴシゴシと口元を拭いながら。

「……で、鑑定の進捗だけど」

周りに聞かれないよう声量を落とし、本題に入った。

「昨日の今日だからそこまで進んでないけど……色々、調べるものは多そうな感じかな？　一週間っていうのは、結構いい期限だったかも」

「特殊な生地だったのか？　あの黒布」

「ううん、生地の鑑定はとっくに終わってる。いまボクが調べてるのは、唾液」

「唾液？」

「うん。布の裏面に付着してた。その成分を全部あらってるところ。唾液ってのは厄介でね。数億の雑菌まで鑑定されちゃうから、難易度が急激に跳ね上がるのさ」

「へえ……というか、錬金術って人間から出たものでも鑑定できるんだな」

「物質は物質だからね。でも、そこから人物特定とまではいかない。照合しなくちゃいけないからね。唾液からわかるのは、その人間がなにを食べたのか、虫歯はあったのか、肺に付着した埃はなにか、呼気に魔力煙はどの程度あるかとか……まあ、それぐらいだよ」

「それぐらいってレベルを超えてないか？　その情報量……」

「人物特定までいかないんだから『それぐらい』さ——まあ楽しみにしててよ。なにかしらの情報と言わず、期限内にはすべて鑑定して、必ず持ち主の目星をつけてみせるから」

「頼もしいな。期待して待ってる」

「うん。ボクも待っててあげる。そっちは、期待してないけど」

「？　なんの話だ？」

「……ハァ。ほんと、カイルはダメダメだね」

呆れたように言って、ルルは残りのホットサンドを手に取る。

「効率厨のカイルが進捗を聞くためだけにボクを外に連れだすわけがない。工房で聞けばいいだけの話さ。昼食だってそこで済ませれば一石二鳥だった。情報漏洩の心配もない。なのに、カイルはボクを昼食に誘って屋外に出た。執行人らしからぬ、非効率的な選択さ」

「……、……」

「だから、待っててあげるって言ってるの。いつか、この『らしくない』ランチの理由が聞けるのを、待っててあげる。知ってるでしょ？　ボクはやさしいんだ」

ルルははじめから気づいていたのだ。俺が、自分でも言語化できない葛藤を抱えていることに。気づいた上で、俺の誘いに付き合ってくれたのだ。

俺が口にできる言葉は、ひとつだけだった。

「……ありがとう、ルル」

「あいあい」

素っ気なく応えて、ホットサンドにかぶりつくルル。

覚悟を決める。今夜の執行に備え、俺も昼食を摂りはじめた。

□

教会での仕事を終えて帰宅すると、俺は早々に執行の準備をはじめた。夜間こそ暗い色の祭服が活きる。服はそのままに、魔力残量が満タンの予備の短剣を懐に潜ませた。

ターゲットのいる酒場が閉まるのは、日付が変わる頃と聞いた。

早めに帰る可能性も考慮して、いまから酒場の屋根上で待機しておこう。

そう思って自室を出、意識を執行人のソレに変えながら玄関に向かうと。

「――カイルさん！」

突然、キッチンで料理をしていたロゼに呼び止められた。

「どこに行くんですか？　もうすぐお夕飯できますよ？」

「ちょっと野暮用で。すぐに戻りますから、夕飯は先に済ませて――」

「ダメですよ！」

カチッ、と加熱器具の火が消された。

ロゼがエプロンを取り、こちらに歩み寄ってくる。

「食事は親交を深める大事な場なんですから。おろそかにしてはいけません。ましてや、私たちは共同生活を送っていく身です。お互いを知るという意味でも、食事は必ず一緒に摂るべきです」

「それはそうなんですが……今夜は用事があるので。本当に申し訳ないです」

言いながら、ロゼが俺の右腕に抱きついてきた。懇願するような瞳でこちらを見上げてくる。まるで、俺をこの場に引き止めているようだった。

「懺悔、懺悔とかお聞きしますよ？　ほら、私今日一日で結構な数の信者さんの懺悔をお聞きしましたから！　カイルさんの懺悔も華麗に受け止められるかと！　懺悔はなんでもいいんです。小さな悩みでも後悔でも。調律の聖女ジオルーフ・オルスラも、懺悔は悩みあるものだからこそ愛するに相応しいと仰っていますから。どんな悩みでも吐き出してください！　私、ちゃんと受け止めますからッ！」

「……ロゼさん、もしかして」

「受け止めますから、だから……それだけは、それだけは、そんな罪深きことは、もう……」

右腕が小刻みに震える。

抱きつき、震えるロゼの足元に、ポタリと雫が落ちた。

アッシュとの会話を思い出す。

執行任務を告げられたとき、俺たちは小声ながらも、教会裏手の路地で任務内容を確認し合っていた。

簡易懺悔室から五メートル。

耳のいい少女に聴かれてしまう位置で、だ。

ロゼは聴いていたのだ。今夜、俺が執行任務に向かうことを。

ひとを殺しに行くかもしれない、ということを。

迂闊だった。アッシュはともかく、ロゼの耳のよさを知っている俺は聴かれる可能性を考慮すべきだった。

「あ……そう、そうです。も、もしあれなら、私の能力とかをうまく使ってもいいですし、依頼人さんの怒りを聞いて受け止めてあげることも、きっと……だから、だから……」

「………すみません」

短い謝罪を口にし、俺は右腕の少女を引きはがした。

「カイルさんッ！」もはや悲痛なロゼの訴えを無視し、早足で玄関の扉を開け、外に出た。

ロゼは、本当に根っからの聖職者なのだろう。

だから、ひとが殺される事実に堪えられない。

まして、加害者が見知った人間とくれば、なおさら。

けれど、俺も根っからの執行人だった。

師匠に拾われてから十余年。ひとを殺し続けてきた暗殺者だった。

それが俺の日常だった。ほかの生き方は寄り道。無駄なルートでしかなかった。

俺には、執行人としての任務だけが生きがいだった。

生きがい、だったんだ。

（距離を詰めるべきじゃあ、やっぱりなかったんだ……）

俺は刃（やいば）だ。

少女を支え護（まも）る、武器だ。

祈りはいらない。

そう、懊悩（おうのう）する自分に言い聞かせるように、何度も何度も心の中でつぶやいた。

酒場の戸を開き、ターゲットが姿を現した。あの赤ら顔からするに、相当呑（の）んでいる。
千鳥足で路地を歩き、オロレアの外に出ていく。

下手（へた）くそな歌を大声で唄（うた）いながら交易街道を進み、程なくして、湖畔に続く道に折れた。

小さな森に入る。フラフラと左右に揺れながら、人気（ひとけ）のない暗い道を歩いている。

俺は、その無防備な背中に音もなく近づき、短剣を振り上げた——

深夜。執行任務を終えて帰宅すると、家の明かりは消えていた。もう眠っているようだ。

音を立てぬよう、静かに自室へ向かう。

その中途。ロゼの部屋の前を通りかかる際に、くぐもった声が聴こえてきた。

思わず足を止めて、耳を澄ます。

「彼の者の罪を赦したまえ、彼の者の罪を赦したまえ、彼の者の罪を……」

ロゼは、おそらくは、俺の罪に対する赦しを神に乞うていた。

耳のいいロゼが玄関の扉が開く音を、そして廊下を歩く俺の足音を聞き逃すはずがない。

少女は、ほかの音が聴こえなくなるぐらい、一心不乱に赦しを乞うているのだ。

こんな、俺なんかのために。

止めていた足を動かし、自室に戻った。枕元に飾ってある花冠が、自然と目に入る。

その日の夜は、なかなか寝つけなかった。

□

翌日。ロゼは朝から元気がなかった。大方、俺の執行を止められなかったことに罪悪感を覚えているのだろう。早朝訓練も休み、朝食時も会話はなかった。俺の呼びかけを無視するわけではないが、すべて困ったような苦笑いで返された。俺を拒絶している、というより、ひとを救えなかった自分を戒めているようだった。

ミサを終え、簡易懺悔室に移動する。

昨日と同じように信者たちを誘導し、聖職者としての日常をはじめていく。

昼前。懺悔室から出てきた信者を見送ると、アッシュが俺の下にやってきた。

そっと俺の隣に並び、小声で訊ねてくる。

「任務はどうだった？　ターゲットはどう殺した？」

簡易懺悔室を振り返る。

俺は、その場を移動することなく、すこしだけ声のボリュームをあげて答えた。

「殺してないですよ」

アッシュが驚きに息を呑む。

俺は、いつもの作り慣れた笑顔を貼りつけて、飄々とうそぶく。

「任務内容は『罰してほしい』、依頼人の要望も『とにかく苦しませて』です。殺せとは言っていない。殺さなくても、任務失敗とは見なされないはずです――なので、短剣の柄でターゲットを気絶させたあと、家から詐欺の証拠となる書類を盗んできました。別荘を一括で買えるほどの稼ぎだ。中には、法に触れる手段で商材を売りさばいた記録もあった。

それを証拠に使えば、現行の法律でも充分に裁ける。奴の自慢の別荘を一生、牢獄に移すことだって可能です。これ以上の苦しみはないでしょう」

「お、お前……そんな屁理屈が通るとでも思ってるのか？」

「通りますよ。いや、俺が意地でも通してみせます。殺すばかりが執行じゃない。生かす執行だってあるはずです。もし執行議会がアッシュさんにケチをつけてくるようだったら教えてください。俺が執行議会の爺共に直接抗議しに行きます。たとえ、メリルを敵に回すことになっても、この結果に文句はつけさせません。絶対に」

閉口するアッシュ。

しばしの沈黙を挟み、その鋭い目をさらに細めて問うてきた。

「……それが、カイルの執行人としての覚悟か？」

「矜持です――俺の刃は、もう、使われるだけの武器じゃない」

ここに至ってようやく、悩んでいた理由を知る。

俺は、ロゼを悲しませたくなかったのだ。

これまでは、執行を重ねることで誰かが喜んだ。執行議会の爺共が、師匠のメリルが、とにかく誰かしらが頬を緩ませた。

けれど、執行をすることで悲しむ人間が現れた。

ロゼだ。

気づけば俺は、執行をやり遂げることよりも、能力を利用して日常を守るだとかそんなことよりも、ロゼの笑顔を曇らせないことを優先しはじめていた。

〝――これを機に、執行人以外の新たな人生を楽しむのもアリだ――〟

ナレグ法王が言うような大変革を起こすつもりはない。

けれど、ほんのすこしだけ。

この人生に、自分の存在意義(ワガママ)を付与してみるのも悪くないんじゃないか。

俺はそう、思いはじめていたのだった。

「『罪人殺しの悪魔』が聞いて呆(あき)れる……だが、まあ」

区切って、アッシュはシニカルな笑みを浮かべた。

「そういうバカは、嫌いじゃない」

トン、と俺の肩を拳で軽く小突き、アッシュは教会の中に戻っていく。

やっと、アッシュとの親交を深められたような気がした。

昼を告げる鐘が鳴ると同時、簡易懺悔室からロゼが出てきた。

ロゼは啞然(あぜん)と、信じられないといった表情をしていた。完全に殺していると思っていたのか。なんであれ、俺たちの話はちゃんと聴こえていたようだ。

おずおずと、こちらに近寄ってきた少女に、俺はおどけてこう言った。

「俺も、やればできるでしょう？」

ロゼの目が大きく見開かれる。後、くしゃっと泣き笑いのような表情を作ると、ロゼは顔を伏せてコクリ、コクリ、と無言でうなずいた。

少女の頬を伝う涙。それを、短剣もなにもない手で拭う。

そのことが、そうして手を伸ばしてやれることが、ひどくうれしかった。

# 第四章 ✦ 悪魔の苦悩

chapter 04

懺悔（ざんげ）をする暇もないほどに、私たちは走り続けた。
さ迷うための余力も残さず、私たちは駆け抜けた。
蹲（うずくま）る自分を引っ叩（ひっぱた）いてでも、私たちは貫き通した。
だから、祈り方なんて、とっくの昔に忘れていた。

（ダレリア・コリエ／『闘争の聖女』、ダレリア教始祖）

□□

イルベル大火災の犯人を、ジオルーフ教の聖職者と断定——
昼の中央広場。街灯上の鉱魔電信機（レディオラル）から、そんなニュースが流れてきた。穏やかな陽光に反して、あまりに不穏なニュースだった。

　ファリス教とジオルーフ教の関係悪化は明白だ。緊迫状態どころか、もはや臨戦状態に陥る可能性すらある。聖地を巡る紛争も激化の一途をたどることになるだろう。図らずも、レミアの云う護衛役が活きてしまう状況になっていくわけだ。

　自然、爆弾人間を送り込んできた『四人目』も、ジオルーフ教の聖職者だった、ということになる。動機は謎のままだが、強襲をかけてきたあの脳筋もジオルーフ教徒だったから、色々とつながる部分は多い。そう、多すぎるのだ。不自然なほどに。

　作為的に結ばれた、不自然なつながり。

　調査団がどういった経緯を経て犯人断定に至ったのかは不明だが、少なくとも俺はこの調査結果にまだ懐疑的だった。

　そうした疑念も、唯一の物的証拠、黒布の鑑定結果で晴れるはず。

（にしても、やはり動きが早いな）

　俺たちと入れ違いになる形でイルベル入りし、一週間と経たないうちに犯人を断定する。これまでの調査団ではありえない、迅速にすぎる調査速度だった。

　まともに調べていないのではないか、と疑ってしまうほどに。

　まあ、腐っても王国直属の機関だ。そんなずさんな調査をするはずがない。そう頭を振り、俺は出店の主から注文した大量のパンを受け取り、ベンチで待つロゼの下に向かった。

□

「オロレアのみなさんには、笑顔でいてほしいんです」

ロゼがそう言いだしたのは、オロレアに住み五日が経った、ある日のこと。

教会が週に一度行っている、浮浪者への食事配給を行ったあとのことだった。

ひとの出入りが激しいオロレアには、俺たち以上に複雑な『事情』を抱えた人間が流れ着く。職を追われ、故郷を追われ、住処を失くした浮浪者がこの地に吹き溜まる。

活力はない。生気はもっとない。文字通り死んだ魚のような瞳をしたまま、路地の片隅で死人よろしく生を浪費する。それが、浮浪者の日常だった。

彼らは、活気ある中央広場を遠ざけるようにして、陽の差さない路地に生息している。

この日行った自主的な配給でも、彼らは暗い路地上に転がっていた。

「神のご加護があらんことを」

やわらかな笑みとともに、先ほど買ったパンを差し出すロゼ。

浮浪者はゆったり顔をあげ、感謝の言葉もなく無言でそれを受け取る。

中には顔をあげることもせず、石畳に顔を横たえるひともいた。

魔力煙害の重篤者だ。

手足を震えさせながら、光のない無気力な瞳をこちらに向けてくる。

そうした人間には、ロゼはパンとともに右手を差し出した。

無効化の能力で、重篤者の体内に巡る魔力煙を除去しているのだ。

魔力煙害は現代病にも指定されている病だが、重篤者となるとそう簡単には生まれない。

現状、鉱異石を自身の口内に放り込み、魔力煙を直に吸って、別世界にトリップし続けることでしか生まれない。麻薬中毒者のようなものだった。

だから、この重篤者に同情の余地はなく、自業自得でしかないのだけれど。

「……ロゼさん。その能力は、いまはまだ」

「ご、ごめんなさい。この方だけでも」

「その台詞、もう十回目ですけど」

「……えへへ」

叱られた子どものように苦笑するロゼを横目に、俺はため息をつく。

俺は、こうした慈善活動を正しいこととは思っていない。

悪ではないというだけで、誰のためにもならないからだ。

大量のパン代は誰が稼いだ？　路上に寝転がるだけで食事ができると知ってしまった彼

らは、どうやって立ち直る？　魔力煙害を治したところでもう一度トリップしないという保証はあるのか？

結局、この行為は将来的にどちらにも損でしかないのだ。

同情だろうと憐憫だろうと、自己満足だろうと承認欲求だろうと、動機はどうでもいい。とにかく、だから、弱い（弱くなってしまった）人間に施しを与えるのは、責任を負う覚悟のある者だけがすべきだと、俺はそう思っていた。

飼う気もない野良猫に餌をあげるのは、傍目からすれば美しい行為だろう。だが、それが正しいと、いったい誰が声高に叫べる？

少なくとも、俺はそんな無責任なことは叫べない。叫びたくない。

やる偽善より、覚悟をもってやらない偽善、だ。

「……ロゼさん。こんなことをしても、あまり意味はないと思いますよ」

次の路地へ移動中。そうした思いから進言すると、ロゼは「えへへ」と微笑をたたえて。

「もちろん、わかってますよ」

と、即答した。

「でも、それじゃあ、みなさんを救いたいと思った私の気持ちにも意味がないのかなー、とか、バカなりに色々考えました——結果、もう面倒くさくなっちゃったので、私がしたいようにすることにしたんです。主も仰っています。『愛に偽りがあってはならない』と。同情でも憐憫でも、自己満足でも承認欲求でもいい。私のみなさんに対するこの愛だけは、偽りではないと信じ込むことにしたんです。身勝手に、自分勝手に」

「…………」

「な、なーんて！　なんか偉そうなこと言っちゃいました。忘れてください！」

誤魔化すように言って、ロゼは早足で歩きだす。

論理的でもなんでもない、ひどく偏った感情論だ。

けれど、おそらく聖女とは、こうして自分を貫ける人間のことを云うのだろうと、それこそ論理的ではない、感覚的な直感で思った。

パンを配り終えたところで、夕刻を告げる鐘が鳴り響いた。昼食も摂らずに配っていたので、俺とロゼの腹の音も響いていた。どちらからともなく笑い、教会に戻る。

商店通りを抜けようとしたあたりで、女の子がこちらに駆け寄ってきた。

女の子は「ロゼちゃーん！」と元気な声をあげながら、ロゼの腰にボフッ、と抱きつく。

どこかで見た覚えのある子だ。たしか、レミアとの懺悔勝負のとき、ロゼと一緒に花冠を作っていた子だっただろうか？

「わー、シュリちゃんだ。今日も元気だねー。なにしてるの？」

「おかあさんとお買いもの！　でも、ひまだったからお店でてきちゃった。ロゼちゃんはなにしてるの？　ロゼちゃんもお買いもの？」

女の子、シュリの頭をなでながら、ロゼはやさしい声音で。

「今日はね、色んなひとにパンを配ってたの。もう、お腹ぺこぺこだよ」

「おおー、ロゼちゃんがんばりました！　……がんばりました、ので」

「ので？」

「これをあげちゃおー！　昨日、広場の床でお店だしてるオジさんに『売れないからやるよ』ってもらったんだ！　花かんむり、いっしょに作ってくれたお礼だよ！」

言いながらシュリは、スカートのポケットからネックレスを取り出した。

見るからに安物のネックレスだった。名前もわからない赤色の石に、ボロい鉄チェーン。売れ残るのも納得の粗雑な出来だった。広場の床というから、売っていたのは露天商か。

シュリはネックレスをロゼに手渡すと、満面の笑みでこう言った。

「神さまのご加護がありますよーに！」

直後、遠くで誰かがシュリの名を呼んだ。母親だ。シュリは最後にロゼの首に抱きつくと、「それじゃあまたね！」と弾けるように走り去っていった。

手をつないで帰っていく母娘の背中を見ながら、俺は肩をすくめる。

大方、あのネックレスはポケットに入れたまま忘れていたものだったのだろう。それを、偶然出会ったロゼにお礼と称して手渡した。

「在庫品、押しつけられちゃいましたね？」

「そうですね……でも」

ネックレスをやさしく広げ、首に提げながら、慈しむようにロゼは言った。

「シュリちゃんの気持ちは、ふたつとない宝物です」

「……ですね」

「えへへ。ささ、早く帰りましょう！　お腹減りすぎて倒れちゃいそうです」

潤みだした目元を拭って、ロゼは歩みを再開させた。

見なかった振りをして、俺も少女の背中を追う。

中央広場に出た。噴水が水しぶきをあげ、夕焼けはオロレアの街並みを焦がしている。

喧騒の中、多くのひとが行き交い、立ち並ぶ出店は賑わいを見せていた。ふと空を見る。

巣に帰るのか、数羽の鳥が茜空を横切っていた。

退屈だとボヤいていた日常が、いまはひどく愛おしい。あくびが出るのは、退屈からではなく、その時間を愛している思いの奔流からなのだと気づいた。

（……いつまで続くのだろう？　いつまで続けられるのだろう？）

ガラにもなく思いを馳せ、目をつむる。

一秒ほどだ、すこし長い瞬き程度である。

そんな、ほんの一瞬の間に、何気ない日常は、非日常に挿げ替わった。

「……え？」

思わずといった風に、ロゼが足を止めた。俺も立ち止まり、周囲を見回す。

往来していた人々が、彫像のように静止していた。

それだけではない。鼓膜を震わせていた喧騒が、水を打ったように静まり返っていた。

噴水の水しぶきも、出店から立ち上る調理の煙も、宙空にピタッと固められている。空を見る。数羽の鳥が、羽を広げた状態で空中に固定されていた。

それはまるで、時が止まったかのような光景だった。

この、不可思議で滅茶苦茶で、魔術では到底説明できない現象は――

「――はじめまして、悪魔さん」

落ち着いた声が聴こえた。

振り返り、声の主を確認する。民家の陰に男がひとり佇んでいた。薄い微笑を貼りつけた垂れ目の男だった。いつかの脳筋と同じ、灰色のコートを羽織っている。

男は用済みとばかりにコートを脱ぎ捨て、こちらに歩み寄ってきた。

ズリズリ、と左足を引きずる、ぎこちない足取りだった。

男がその細身にまとっていたのは、紺色のローブ。

つい最近、目にしたばかりの祭服だ。

「ジオルーフ教執行人、アイン・トールズと申します。今日はお願いがあって参りました」

「……また俺を連行しに来たのか？」

「話が早くて助かります。ゴルルカの【記憶転術】を拝見しましたが、あまりに説明不足でしたので。非礼を詫びる意も込め、ジオルーフ教の執行人ナンバー1を飾る私自ら、連行の理由をお話するために参りました。その上で納得し次第、ご同行いただければと」

「その理由に納得しなかったら？」

「言わなければわかりませんか？」

「いいや、いまわかった。密入国までしてご苦労なことだ」

皮肉りつつ、ロゼを護るように背中に回す。コイツ、笑顔でひとを殺せるタイプだ。

すると、細身の男——アインは「おや？」と驚きに目を見開いた。

「そちらの女性も止めたはずなんですが……代価が足りませんでしたかね？」

「この現象、やっぱりお前の鉱魔術か？」

敵を分析するための、時間稼ぎの質問だった。けれどアインは、「ええ」とうなずくと、誇らしげに解説をはじめた。

「『停止』の異能、通称【隔世異停止（パラダイムストップ）】と言います。この能力は、私の肉体機能を代価に発動できる能力でして。今回は左足を代価に、あなたを除くオロレア全土を停止させてもらいました。用が済んだら、元に戻します」

「……随分と素直に答えるんだな。よっぽどご自慢の能力と見える」

「ええまあ。僭越（せんえつ）ながら、最強と噂（うわさ）されるあなたをも確実に殺せる能力ですので、自慢もしたくなります。現状では回避も不可能ですしね。ただ、何度も使えない制限つきの能力だからこそ効力は絶大かつ絶対なのですが……どうしてでしょうねえ？」

アインの瞳が、俺の背後に立つロゼを射抜く。

「止めたんです、確実に止めたんですよ。なのに、なぜ動けるんでしょうねえ？」

「え、あ、あの……私」

「さっさと連行の理由を話せ」

ロゼが動けるのは無効化の能力のおかげだろうが、コイツにそれを明かす必要はない。

怯（おび）えるロゼを隠すように前に出ると、アインは大仰に肩をすくめ、本題に入った。

「二週間ほど前に、十六代皇帝が亡くなった、という情報はご存じですか？」

「ああ。生誕祭の日に衰弱死していたとか。それが？」

「実は、皇帝陛下は暗殺されたんです。首を真っ二つに切断されて」

「……、暗殺だと？」

「ええ。また、寝室のバルコニーでは警護担当の近衛兵も首を吊って死んでいたのですが、彼の足元にはコレが残されていました」

アインは胸元から『コレ』を取り出し、茜日にさらすように掲げた。

柄に、鷹のレリーフが刻まれた短剣。それも、魔力が付与されている魔術武器だった。

見間違えるはずがない――それは、間違いなく俺の短剣だった。

「ファリス教の印に、古めかしい魔術武器。『罪人殺しの悪魔』の噂が広がっている現状、暗殺犯にあなたという執行人を連想するのは、もはや必然でした――その反応を見るに、コレはあなたのもので間違いないのでしょうか？」

「……ああ、間違いない」

俺の短剣がなぜ、隣国ダウロン帝国の、それも皇帝の寝室に置かれていたのかは謎だが。

断言できる、俺は皇帝を暗殺していない。

その短剣だって、おそらくは中央教会を出る前の……。

(――あれ？)

そこまで考えたところで、俺の脳に一筋の光が差し込んだ。

なにかを照らすような、なにかを閃きそうな、そんな光だった。

「そうですか……ですが、凶器があなたのものというだけで、実行犯は別の可能性もある。ですから、あなたには身の潔白を晴らす意味も込めて、ご同行していただきたいのです。この連行命令を下した、アハマ教皇さまの下へ。教皇さまも、詳しく話が聞きたいだけだと仰っておりますから、警戒なさらずとも大丈夫ですよ。ゴルルカの襲撃を思えば、警戒して然るべきではありますけどね」

こう何度も強襲されてはたまらない。潔白を証明しに行くのも悪くはないが、その前に、確認しておくべきことがある。

「……ひとつ聞きたい。イルベル大火災、あれはお前たちジオルーフ教徒の仕業か？」

「まさか」

アインは失笑した。

「他国の、それも辺境の村を焼く理由なんて、ジオルーフ教にはありませんよ。そもそも、あれのせいで私たちは、こそこそ密入国しなければならなくなったのですから。自分の首を絞めるような真似はいたしません」

「……爆発の異能を持った鉱魔術師も？」

「爆発？　そんな鉱魔術師、ジオルーフ教にはひとりもいませんよ」

「そうか――なら、お前に同行することはできない」

イルベル大火災、ジオルーフ教、早すぎる調査団、不自然なつながり。

それらはきっと、『四人目』の正体とその青写真を暴く鍵になっている。

だが、それらだけでは解明に至らない。

最後の鍵を握るのは――ルルの鑑定結果だ。

それが判明するまでは、俺はオロレアを離れるわけにはいかない。

「詳しくは説明できないが、俺にも俺の事情があってな。身の潔白はまた後日、晴らすということにしてくれ」

「……あなた、現状を理解できていますか？　一国の将が暗殺されたのですよ？　それに勝る事柄がどこにあるというのですか？」

「お前の目の前にいる俺の中にだよ。皇帝が殺されたのは気の毒だが、俺には関係のない話だ。身の潔白は晴らす。だが、いまは俺の事情を優先させてもらう。それまでは、勝手に俺を暗殺犯だと思い込んでいればいい」

「…………そう、ですか。では、私は私の事情を優先させてもらい――、ッ!?」

言い終わるよりも早く、俺は右手をかざして処刑魔術を発動。

アインが手にしている短剣を、細い鎖状にバラした。

処刑魔術、第五懲罰形態【鎖罪(チェーン)】――あらゆるものを縛る、裁きの鎖だ。

本来は絞殺するための魔術だが、出力を弱めれば処刑魔術中最強の拘束具になる。文句をつけられる前に拘束し、ルルの鑑定が終わるまでの間、おとなしくしていてもらおう。

摑(つか)みきれないほど細い大量の鎖が、アインの痩身を包む。

――はずだった。

「ッ、な……!?」

バラバラの【鎖罪(チェーン)】は、アインの身体(からだ)に巻きつく寸前でピタリと停止させられていた。

魔力を込めてもビクともしない。元の短剣の形態に戻すこともできない。

オロレア全土を停止『した』と言っていた。ならば、新たに別のものを停止するには、またどこかしらの肉体機能を代価に支払わなければいけなくなると思っていた。

ちがう、ちがった。

この能力は、停止した空間内であれば、無条件で何度でも停止させることができる！

懐の短剣を取り出し、アインに斬りかかる。いますぐコイツを仕留めるしかない。

「……ハァ、結局はこうなるんですね」

「グ、ゥ……、ッ!?」

アインが手をかざした瞬間、自分の肉体がまさしく彫像のように停止した。

指はもちろん、唇も開くことができない。

文字通り身動きひとつ取れぬまま、視線だけでアインを追う。

「確実に殺せるというのは、つまりはこういうことです。行動も魔術も、すべてが私の意のままに止められる。停止したこの空間にいる時点で、もうあなたの負けは確定していたんですよ。罪人殺しの悪魔さん」

「……、……ッ、……!!」

「【記憶転術（レコード）】で見たときは、もうすこし遊べると思ったんですがね。結局、強引に連行しようとしたゴルルカが正しかったってことでしょうか？　皮肉ですね――やむを得ません。教皇さまに伝えておきますよ。『罪人殺しの悪魔は自殺した』、と。容疑者がいなくなれば、教皇さまも命を取り下げざるを得ないでしょう」

言いつつ、アインは祭服の胸元から、果物ナイフを出した。

およそ執行に向かない武器だが、停止した空間内であればソレは確実に相手を絶命たらしめる必殺武器に挿げ替わる。

〝――カイルちゃん、その処刑魔術は今日限り禁止。これ、師匠（ウチ）との約束だかんね――〟

不意に、師匠の言葉が脳裏をよぎる。走馬灯というやつか。

わかっている。アレを発動すれば、ロゼにまで危害がおよぶ可能性がある。

だが、現状を打破するには、もう……！

「――や、やめてくださいッ！」

と。背後にいたロゼが、アインの前に飛び出してきた。

恐怖に身体を震わせながら、今度は俺を護るようにして両手を広げる。

「こ、これ以上、カイルさんを苦しめないでください。あなたも聖職者ですよね？　なら、こんな他人を傷つけるような真似は、もう……！」

「……ああ、あなたが動ける謎が残っていましたね」

ロゼの訴えを無視して、アインはロゼに近づく。

「ちょっとこちらに来てもらえますか？　全身を隈(くま)なく調べさせてください。なにか特殊な力を持っているのかも。たとえば、鉱魔術を無効にする能力、とか」

「え……な、ちょっと……」

「大丈夫ですよ。【隔世異停止(パラダイムストップ)】が効かないのであれば、薬物で眠らせた上で調べてさしあげますから。起きたときにはすべて終わっています。さあ」

「や、嫌……！」

にじり寄るアインから逃れるように、ロゼが俺に抱きついた。

どうにかして逃がそうと、抱きついたまま俺を押すが、停止したこの身体はビクともしてくれない。悔しさに唇を噛むこともできない。

アインのやせ細った手が、ロゼの肩を鷲摑む。

師匠との約束を破り、意識を切り替えようとした。

そのときだった。

「イヤアアァァァ――――ッッ!!」

ロゼの絶叫が響いた。少女の胸元にぶら下がるネックレスが光り輝く。

瞬間。

パリン、と壮麗な破砕音を立てて、アインの停止の異能が一瞬にして消失した。

「な、……私の【隔世異停止】がッ!?」

直後。時間が再稼働をはじめた。彫像たちは歩みを再開し、喧騒は耳朶を叩く。空中に残っていた水しぶきは正しく落ち、出店の煙は空に消えていく。固定されていた鳥たちも、何事もなかったように巣に帰っていった。

停止していた俺の肉体も命を取り戻した。腹に抱きついたままのロゼを背後に回す。

困惑顔のアインが、果物ナイフを握ったまま、キョロキョロと辺りを見回していた。

いつかの夜の俺のように、武器を落とすような素振りは見られない。

その隙を突き、展開途中だった【鎖罪（チェーン）】をアインに放った。

だが、それが合図だったかのように【鎖罪（チェーン）】は消失してしまう。まさしく、ロゼがはじめて無効化の能力を発動したあの夜と同じだった。

落ちた柄を【魔凝視（サーチ）】で確認すると、やはり魔力残量は空っぽ。

ロゼの能力発動は、感情もひとつのトリガーになっているようだった。

にしても、今回のコレは範囲が広すぎる気がするが。

それに、イルベルのときと今回では、能力を受けた者が武器を落としていない、という差異がある。

（……あのときの能力と、同じ能力じゃない？）

疑念はいくつもあるが、いまは検証している余裕はない。

短剣の柄を握り込む。ドクンドクン、と刃（やいば）としての使命が全身を巡りはじめた。

（コイツは……今後ロゼに手を出しかねない、コイツだけは！）

視界が真っ赤に染まった。

「ロゼさんは、ここに」

指示を出した後、目の前のアインを前蹴りで蹴飛ばした。

広場から追い出すようにして、人気(ひとけ)のない暗い路地に押し込む。

ゴミ置き場として使われている、行き止まりの路地だった。好都合だ。アインを壁際に追いやる。また時間を止めようと、アインが狼狽(ろうばい)しながら手をかざす。だが、その異能が発動することはなかった。

ロゼを護(まも)る。ロゼを護る。ロゼを護る。

ゴルルカのときのような躊躇(ちゅうちょ)は、ない。

(今度は、生かして逃がさない)

スッ、と感情が凍った。

俺は、右手に持った短剣を掲げ——アインの首に、深く突き刺した。

ピチャッ、と噴き出した血が頰(ほお)にかかる。暗い路地にアインの声にならない声が響く。

喧騒に負けるぐらい小さな呻(うめ)きだ。誰かに聞かれることはない。

背後の路地出口で見守っていた、ロゼ以外には。

「…………か、カイルさん、なにしてる、んですか？」

啞然(あぜん)とした声音で、ロゼが問いかけてくる。

振り返りも答えもしない。俺は無言で短剣に体重を乗せて、切っ先を押し込む。

ガポ、ゴポ、とアインの口から死の音がこぼれる。

そのいびつな音を聞き、ロゼが俺の背中に叫んだ。
「カイルさん……カイルさんッ！　いま、なにをしているんですかッ⁉」
俺は答えない。
答えるより、ロゼに害をおよぼしかねないコイツを消すのが先だ。
気づくと、血溜まりが靴底を濡らしていた。
対象が絶命したのを確認し、短剣を抜く。
赤いだけだった視界に、色が戻る。感情が氷解する。
アインの痩軀が、路地の壁にもたれたままズルズル、とその場にくず折れた。
「……さあ、帰りましょう。俺たちの家に」
頰の血を拭い、振り返る。落ちかけの夕陽が、後悔と苦悩に歪むロゼの顔を照らす。
暗い日陰に立つ俺には、そんな少女の表情ですら、まぶしかった。

□

脱ぎ捨てられたコートをアインの死体にかぶせ、簡易的な隠ぺいを施す。処理は魔術が使えるようになってからだ。アインの祭服は刺突による大量出血で変色していた。一目では、ジオルーフ教の祭服だとは気づかれないだろう。仮に誰かがこの死体を見つけても、浮浪者の死体としか思わない。食べかけのパンでも置いておけばベストだっただろうか。

広場に出ると、方々から戸惑いの声が聴こえた。

「加熱器具がつかねえ！」「商売あがったりだ！」「おかあさん、ふんすいの水が出なくなっちゃったよー？」「家の明かりが消えたぞオイ⁉」「街灯もつかないわねえ……」

慌てふためく人々を横目に、俺は絶句する。

先ほど発動したロゼの無効化の能力が、街のインフラまでをも消失させていたのだ。

おそらくは、街全体のインフラに組み込まれた鉱異石……その中に宿る魔力を、一瞬で消し去ってしまったのだろう。能力がここまで強力かつ広範囲になった理由は、ひとつ。

発動時、まばゆい光を放っていた——ネックレスだ。

「ちょっと、すみません」

断りを入れ、隣に立つロゼの首元に手を伸ばした。ぶら下がるネックレス、その宝石部分を手に取る。触れた瞬間、指先から伝わる魔力で理解する。

それは、小さな鉱異石だった。

(子どもになんてもの渡してるんだ、露天の奴……)

能力発動時にすべて消費したのか、中の魔力は空になっている。大方、聖地に転がっている商品にならない極小の鉱異石を持ち帰り、ネックレスにしたのだろう。

図らずも、ロゼは鉱魔術を使用したことになるが、ロゼの場合は不可思議な異能を発現するのではなく、自身の能力を増大させただけのようだった。

もはや増大というレベルを超えた威力ではあったが。

まさに軍事兵器級である。

小粒サイズの鉱異石でこれなのだ。手のひらサイズの鉱異石で能力を発動させたらどうなるのか？　想像に難くないが、リアルには想像したくない。

「ロゼさん。鉱異石を使用した能力発動は、今後は控えるようにしましょう。全力で使うのなんて以て（もって）の外（ほか）。これは、あまりに被害が大きくなりすぎる」

「……わかりました」

沈鬱な声でうなずくと、ロゼはこちらに視線もくれず、足早に歩きはじめた。

ロゼが素っ気ない理由は、先ほどのアインの処刑だろう。ひとを殺す様を間近で目にして、あらためて暗殺者である俺を軽蔑したのかもしれない。

（……嫌われた、か）

ロゼの笑顔を曇らせたくない、とのたまっておきながら、舌の根も乾かぬうちに執行だ。

少女の安全を優先した結果とはいえ、嫌われて当然である。

それでも、俺はロゼを護ると決めた。その誓いは揺るがない。

それに、距離を詰めすぎていると思っていたのだ。嫌われるくらいがちょうどいい。

そう、自分を納得させるように反芻し、ロゼの後を追って教会に戻った。

「……それじゃあ、レミアさんに今日の配給の報告をしてきます」

「わかりました。俺はここで待ってますね」

ロゼリアが扉の奥に消えたのを見届け、カイルは礼拝堂の長椅子に腰を下ろした。

教会のインフラも止まっていた。ロウソクの火が薄暗い礼拝堂を照らす。天井のステンドグラスを仰ぐと、夜空が七色に透けて見えた。いつの間にか夜になっている。暗い中で鉱異石の交換はむずかしいだろうから、インフラが復活するのは明日以降になるだろうか。

「随分とお疲れのようだ」

カイルがそんなことを考えていると、しゃがれた声が耳に届いた。

ザカフ司教だ――扉奥から現れたザカフは、相も変わらず豪華な法衣の裾を引きずり、カイルの横を通りすぎると、なぜか後ろの長椅子に腰かけた。

カイルの後ろ耳に語りかけるように、ザカフは続ける。

「私もだよ。聖地巡礼から戻ってきた途端、復旧作業に追われてしまってな。クタクタだ。せめて明かりだけでもと思い鉱異石を交換しに行ったが、暗くてなにも見えずアッシュに任せてきてしまった。年は取りたくないものだな。こんなことでは、聖地で果てた友に笑われてしまう——カイルたちは、いままでどこに？」

「浮浪者への配給を自主的に行っていました。こんなことになるなら、もっと早く帰ってきて手伝うべきでした。申し訳ありません」

「気にするな。こんな事態、誰も予想できんだろうよ。……それを行った者以外は、な」

「……はい？」

カイルが背後を振り返ろうとした瞬間、ポン、と頭頂部になにかが乗せられた。

ザカフの骨張った手が、カイルの頭に添えられていた。

「インフラの一斉停止など自然には起きん。少なくとも、私がオロレアに移り住んで二十数年一度も起きたことはなかった。犯人は外部の者。巡礼者か、新しくここに移り住んだ新参者の可能性が高い」

ザカフの声が振動となって手を伝い、カイルの脳内に直接、言葉を刻み込む。

以前にも覚えた嫌な予感が、せり上がるように背中を走る。

訝しみ、手を払おうにも、遅かった。

ザカフの胸にぶら下がるロザリオ、その中心に埋め込まれた赤い石が、怪しく光る。

「──【知っていることを話せ】」

ザカフの声が頭蓋骨の中で反響する、反響する、反響する。

瞬間。カイルの意識が遠のきはじめた。その瞳からも生気が薄れていく。

数秒後。カクン、とカイルの全身から力が抜けた。魂の抜けた人形のようだった。

脱力したまま、カイルは自身の意思に反して、訥々と話しはじめる。

「……ジオルーフ教の執行人、が、俺を連行、しようとして……ロゼ、が、無効化の能力、を、発動、させた……インフラ、停止、は、それが原因……その執行人、は、広場近くの、路地で、処刑した……」

「無効化の能力、だと？」

「魔術も、鉱魔術も、消去する、力……軍事転用、される、危険な能力……鉱異石、を、使うと……より、強力に、なる……」

「────ハ、ハハ……、フハハハハハッッッ!!」

堪えきれないとばかりに、ザカフは哄笑した。

聖職者らしからぬ、悪辣な笑みだった。

「お前がここを訪れてきたときはどうなることかと思ったが……そうか、そんな宝を引き連れていたのか！　ああ、神よ！　これが運命というやつかッ！」

「ぅ……あ、……ロ、ゼ……」

「【寝ていろ】」

吐き捨てるように命じると、カイルは一瞬にして意識を失い、長椅子に横たわった。しばらくして、小さな寝息を立てはじめる。

ザカフは立ち上がり、足早に教壇に向かった。何千回、何万回と目を通した聖典を胸に抱き、ステンドグラスを仰ぐ。遠い異国の地にいる恋人を想うような、それはそんな熱に浮かされた表情だった。

「主よ、聖なる七人の女神よ。この運命の導きに感謝いたします……これで、私の悲願がようやく達せられます。祈りを捨て、ひた走ってきた願いが、ここでようやく……」

「――お待たせしました……あれ、司教さま？」

と。教壇横の扉が開き、ロゼリアが礼拝堂に戻ってきた。

ロゼリアにとっては最悪の、ザカフにとっては最高のタイミングだった。

ザカフは聖典を置き、できるだけ顔のニヤつきを抑えながら。

「シスターロゼリア」

「は、はい。なんでしょうか？」

「牧師カイルが犯した赦されざる罪について、すこし話し合わないか？」


翌朝。アルート王国全土に、衝撃のニュースが流れた。

『ジオルーフ教の聖職者、オロレア教会のシスター殺害を試みた後、自害』

不穏にすぎるこの報道を受けて、両宗教の関係は過去最悪なものとなった。

この機に乗じて聖地を奪われてはならないと、包丁や農具など、手近な武器を手にした信者が聖地に集った。

緊迫から臨戦、臨戦から紛争、そして紛争から戦争へと、規模が拡大していく。

両国政府は動かなかった。いや、水面下で動いてはいたが、対応策を即座に示すことができなかった。宗教問題となると、国家は途端に鈍重になる。

そこで、オロレア教会のザカフ司教は、ファリス教徒による『鉱雄軍』を急遽結成。

ファリス教信者の怒りを代行するようにして、聖地奪還、およびジオルーフ教の殲滅に打って出たのだった。

鉱雄軍の最前線に、シスターロゼリアを据えて。

# 第五章　悪魔の夢

終焉（しゅうえん）の音があるとするのなら、それは間違いなく生誕の福音である。

（シュトルフ・オラト／『浄化の聖女』、オラト教始祖）

chapter 05

▽▽

みんなを笑顔にしたい。

私が聖女を目指そうと誓ったのは、そんなちっぽけな願いからだった。笑うと、自然と幸せな気持ちになれるでしょ？　みんなに幸せになってほしくて、救われた気持ちになってほしくて、だから、笑顔を望んだ。

私を拾ってくれた、イルベルのみんなを笑顔にしたかった。

私を受け入れてくれた、オロレアのみんなを笑顔にしたかった。

それ以外は、なにもいらなかったのに――

「ロゼリア、発動しろッ！」

ザカフ司教の叫びが、私の意識を聖地ノスタルンの荒野に引き戻す。

私の背後には、数千のファリス教徒による鉱雄軍が控えていた。前方には、ジオルーフ教の軍勢が押し寄せてきている。

鉱雄軍の最前線に立つ私は、ザカフ司教から渡されていた、リンゴほどの大きさの赤い石……鉱異石を握り、無効化の能力を発動した。

すると。ジオルーフ教の軍勢が行軍を止めた。自身の武器を触って、鉱異石の魔力残量を確認している。あの慌てようからするに、ちゃんと空っぽになっているようだった。

「いまだ、撃てッ!!」

ザカフ司教の掛け声が響くと同時、パパパン、と後方で大量の破裂音が連続で轟いた。

鉱異石を使用していない、前時代的な銃火器だ。

思わず耳を塞ぐ。それでも、私は耳がいい。無数の薬莢が散らばる音と、ジオルーフ教徒たちの悲鳴は手のひらを通り抜け、私の鼓膜を残酷に叩いた。

モクモクと、雲みたいな硝煙が昇っていく。

バタバタと、紙人形みたいに人間が倒れていく。

ザカフ司教が勝鬨をあげた。鉱雄軍のみんなも興奮気味に声をあげる。

私は、ただただ呆然と、遠くで倒れ伏すジオルーフ教徒の死体を見つめていた。

乾いた荒野を潤すように、何百、何千の血溜まりが広がっていく。

みんなを笑顔にしたい。みんなを笑顔にしたい。みんなを笑顔にしたい。

本当に、そう思っていたんだ。

□

目を覚ますと、俺の視界をきらめく虹が埋め尽くした。

朦朧とした頭で眺めているうち、それがオロレア教会のステンドグラスだと気づいた。

長椅子に手をつき、横になっていた身体を起こす。頭が痛い。こめかみを足のつま先で蹴られたような激痛が走る。寝ていたのか気絶していたのか。どちらなのかもわからない。

（俺は……たしか、ロゼを待っていて、それで……）

ザカフ司教に頭を触られたところまでは憶えている。だが、そのあとの記憶が曖昧だ。

（なにかを話していた、ような気がするんだが……）

思い出そうとすると、また頭に激痛が走った。脳が思い出すことを拒絶しているようだった。

礼拝堂には誰もいなかった。陽の昇り方からするに、昼も間近といったところ。早朝のミサもあっただろうに、なぜ起こされなかったのだろうか？

訝しみながら外に出ると、教会前の路地にレミアがいた。

首にぶら下げた大量のロザリオを握りしめ、不安そうな顔で遠くを見つめている。

「レミアさん、おはようございます」

「え？　――ああ、カイル！　あなた、いままでどこにいたんですの⁉」

「？　どこにって、礼拝堂でずっと横になっていた、みたいですけど……」

「礼拝堂で？　嘘おっしゃい。本日は緊急事態でしたからミサはありませんでしたけれど、朝はわたくしひとりで礼拝堂の掃除をしましたのよ？　見逃すはずが……、痛っ」

レミアは痛みに眉根をひそめ、こめかみを押さえる。

「おかしい、ですわね。掃除をしたことは憶えているんですの。でも、そのときに見たであろう礼拝堂の状況が、なぜか思い出せませんわ……」

「……レミアさん」

「ん、なんですの？」

「その掃除の前に、ザカフ司教にお会いしましたか？」

「ええ、よくご存じですわね。聖地に出かける前に、すこしだけお話を……でも、なぜでしょう？　司教さまとお会いしたときのことも、なぜか思い出せませんのよね……祝福を賜ったあと、なにか言われたような気もするのですけれど」

「――やってくれたな」

ふたりそろって同じ症状、似通った状況。ザカフがなにかしたのは明白だ。

記憶を消す鉱魔術……いや、ちがう。

妙に耳に残るあの声からするに、言葉で操る鉱魔術か。

対象に触れ、鉱異石の魔力を乗せた声を骨伝導で響かせることで、言葉通りに操ることができる。そんなところだろうか。

（まさしく言霊だ……迂闊（うかつ）だった）

はじめて会ったときのあのおかしな反応も、俺にその能力を使おうとしていたのか。

レミアは『カイルを認識できなくなる』とでも命令されていたのだろう。だから、視界には入っていても、俺を見つけることができなかった。

そんな不可解な命令を下した理由まではまだわからないけれど。

（だが、そうなると俺は、いったいなにを命令された？）

思案していると、レミアが「そんなことよりも！」と俺に向き直った。

「緊急事態ですのよ、緊急事態！　アッシュとロゼリアが――」

いまにも泣き出しそうな声で、レミアは現況を説明してくれた。

ジオルーフ教の聖職者……アインの死因が自害に変えられて、おまけに、ロゼの殺害という動機を付随して報道されたこと。その早朝のニュースから端を発し、両宗教の関係は最悪となったこと。ザカフ司教が鉱雄軍なるものを結成し、両宗教の本格的な戦争が勃発してしまったこと。アッシュが、鉱雄軍に入れられてしまったこと。

そして。

鉱雄軍の最前線に、ロゼリアが立たされている、ということ――

サッ、と血の気が引くのを感じた。危惧していた事態が現実になってしまった。

無効化の能力の軍事転用、だ。

遠く、聖地ノスタルンがある方角を見つめながら、レミアは続ける。

「アッシュだけでなく、か弱いロゼリアまで駆り出すなんて……司教さまはいったいなにをお考えなのかしら？　給仕係として連れていった？　いいえ、それなら私も呼ばれないとおかしいですものね……というか、ロゼリアもロゼリアですわよ！　文句も垂れず従うだなんて、どうかしてますわ！　下手をすれば、死んでしまうかもしれないのに……」

「……もしかして」

ロゼの能力は誰にも知られていなかった。

なのに、ザカフはロゼの能力に気づいた。

ロゼ本人がバラすはずない。ロゼにはザカフの鉱魔術も効かない。必然、明かしたのは操られた昨夜の俺ということになる。アインの存在が知られていることを鑑みるに『インフラ停止について知っていることを吐け』とでも命令されたのだろう。その命令によって俺は、ロゼの能力が発動するに至った原因であるアインの存在を明かした。

その推測が正解だと言わんばかりに、脳にあの激痛が三度走った。

こうして違和感を覚えられる辺り、ザカフの能力にそこまで持続性はなさそうだ。精々、一晩程度か。常に言いなり状態にするには、何度も能力行使する必要がありそうだ。

（だが、それじゃあなぜ、ロゼはザカフに従ったんだ……？）

戦場にはロゼの嫌う死があふれている。操られてもいないのに、なぜ？

無効化の能力で戦争を止めに行った？　いや、芯の強い性格ではあるが、そんな蛮勇を振るう好戦的な少女ではない。ザカフの言いなりになる理由なんてないはずなんだが……。

そんな、新たな疑念に頭を悩ませていた、そのときだ。

聴き覚えのある爆発音が、オロレアの街に轟いた。

「ッ……い、いまの音はッ⁉」

「下がって！」

レミアを背に回して、坂の上から音のした方角を確認する。

悲鳴とともに避難する人々。その流れの元をたどると、視線は住宅街の奥に行き着いた。

商店通りのさらに奥、扇状に延びる路地の末端から、黒煙は立ち上っている。

ガラクタみたいな家がポツリと建っていそうな、そんな場所から――

「――ッ、クソ！」

「え、か、カイル⁉」

「レミアさんは教会の中に避難を！」

言い置いて、俺は路地の石畳を蹴り、駆け出した。

中央広場はパニック状態だった。人混みを縫って、黒煙を目印にひた走る。

（頼む……頼む！）

他人の生存をこれほど望んだのは、はじめてだった。


ガラクタのようなその家は無残に半壊していた。イルベルで見た、爆発を受けた家屋と似た壊れ方だった。お湯を出す加熱器具が壊れ黒煙を吐いている。家具などは燃えているが、周囲に延焼するほどではなかった。壁も屋根も鉄板だったおかげかもしれない。ただ、継ぎ接ぎだらけにしていたせいだろう、鉄板は爆風で辺りの路地に四散していた。

玄関横に『錬金術師の工房』と書かれたプレートが落ちている。煙突はポッキリと折れ、もう家の形を保っていない。変わり果てた家屋に足を踏み入れ、いるはずの家主を探した。

家主は工房にいた。黒こげの作業台の下で倒れている。

その家主の左半身は、真っ黒に焼けただれていた。

「ッ……、ルル！　ルルッ!!」

駆け寄って、全力で治癒魔術をかける。

息はある。真っ黒なのは、作業台の炭が付着したもののようだった。火傷は見た目ほどひどくはない。だが、爆発のショックで意識を失っていた。

「ルル……すまない」

治癒を続けながら、悔恨まじりにつぶやく。

これは間違いなく、爆発の異能を持った鉱魔術師――『四人目』の仕業だ。

またも爆弾人間を送り込んだのか。その手段は定かではないが、おそらくは、俺が依頼した黒布の鑑定を阻止するためにルルを狙ったのだろう。思えば、今日は鑑定の期限日。首謀者は、自身の正体がバレるのを恐れたのだ。

なぜ黒布を鑑定に出していることがバレたのか、そこはまだわからない。

しかし、この犯行は逆説的に、黒布の鑑定結果は『四人目』につながる有力な手がかりになる、と自白しているに等しい。

(まあ、それもすべて燃えてしまったようだが……)

ルルの鑑定が間に合ったかどうかも、現段階では確認のしようがない。

(いや、ルルが生きていたんだ。いまはそれだけでいい)

そう思いなおし、視線を工房からルルに移すと、幼い身体がピクリ、と身じろいだ。

「ルル！　大丈夫か、ルル！」

背中に手を添え、やさしく上体を起こしながら声をかける。

見ると、小さな唇がピクピクと動いていた。なにか、言おうとしている？

ルルの口元に顔を寄せ、聞き逃さぬよう耳を澄ます。

消え入りそうな、けれど、伝えようとする強い意志にあふれたその言葉を耳にして、俺は思わず笑みをこぼしてしまう。

さすがは、執行議会を相手取る闇の錬金術師。そこらの錬金術師とは格がちがう。

〝——必ず持ち主の目星をつけてみせるから——〟

ルルは、間に合っていた。

「――に、じ……、ち、か、……」


応急処置を終え、ルルを治療施設に運ぶと、俺は踵(きびす)を返し、オロレア教会に向かった。

そこで、とある確認を済ませる。

ソレを目にし、閃(ひらめ)きにも似た光があふれた。バラバラだった事柄が一本の線でつながれたような感覚だった。判明した『四人目』の正体、そして、その青写真。ダウロン帝国皇帝の暗殺からはじまったこの騒動は、すべて一本の線でつながっていたのだ。

あとは、事態収拾のための準備を進めるだけ。

（これしかない、よな……）

一種の覚悟を胸に教会を出ると、広場の鉱魔電信機(レディオラル)からニュースが流れた。

『鉱雄軍、〝死の聖女〟ロゼリアの活躍により、ジオルーフ教の軍勢を撃退』

死の聖女。

およそ聖女らしからぬその異名に、オロレアの街がどよめく。

ロゼに懺悔(ざんげ)を聞いてもらった住民が、花冠を一緒に作った子どもたちが、信じられないといった風に鉱魔電信機(レディオラル)を見上げた。ロゼリアはそんな子じゃない、嘘だと、訴えの声をあげた。ロゼはこんなにも愛されている。地道な草の根活動を続けていたらきっと、無効化の能力なんて使わずとも聖女と呼ばれていただろう。街の声を聴いて、それを確信した。

だからこそ、この不名誉な異名は払拭しなければいけない。

(やさしいロゼに、死は似合わない)

俺の使命は、ロゼを支え護り、聖女に導くこと。死の象徴に仕立て上げることではない。

正しい聖女としての活躍を——奇跡を、上塗りするように見せつける必要がある。

決意を胸に、広場の出店と露天である物を買うと、俺はオロレアの街を後にした。

アルート王国領土。聖地ノスタルンの荒野を臨む森に、いくつもの明かりが灯っていた。

鉱雄軍だ。彼らはこの森林を駐屯地としていた。

戦士、いや聖職者の休息である。

駐屯地の中心には、場違いな屋敷が建っていた。森からぴょこっと屋根が飛び出ている
ソレは、十五年前、ナレグ法王が聖地巡礼における休息所として建てた別荘だった。

そんな屋敷の二階バルコニーで、少女、ロゼリアは佇んでいた。

ロゼリアもテントで寝ると申し出た。だが、ほかの聖職者がそれを断り、屋敷でお休みくださいと半ば強制的にここに押し込んだ。

本日の戦果は、死の聖女の能力なしではありえなかった。もう数度争い、ジオルーフ教の戦意を完全に折れば、長年の悲願である聖地奪還が叶う——過剰な待遇を受けるのも、当然の帰結であった。

ロゼリアはため息をつき、手すりに両腕を乗せた。物憂げな表情で夕闇空を見上げる。

思い巡らせるのは、昼間の戦争についてだ。

殺した。

間接的だろうと、なんだろうと、自分の能力が、誰かを殺した。

ザカフ司教の言葉に従い、戦地に赴いた理由はもちろんある。

だがそれは、ひとを殺していい理由にはならない。

赦されざる罪、赦してはいけない罪。

両肩がズシリと重くなったのは気のせいじゃない。

（私は、どう贖罪していけば……）

いっそ、自分の死をもって償うべきなのでは？

そんなことを考えはじめたとき、スタッ、となにかの着地音が聴こえた。背後からだ。

猫かなにかか？　訝しみながら、ロゼリアは振り返る。

振り返って、一瞬、呼吸を忘れる。

「こんばんは、ロゼさん」

ここにはいないはずのカイルが、そこにいた。

□

「はぐれないでくださいね、って言ったのに、こんな辺鄙な屋敷にまで来るだなんて。迷える子羊にも程がありますよ。まあ、この屋敷かなり目立つので、潜入も捜索もしやすくはありましたけど」

「か、カイルさん……どうして、ここに？」

「どうしてって、決まってるじゃないですか」

そう言って、俺は羽織っている厚手のコートの中から、紙袋を取り出した。

コート内に充満していた熱気とともに、腹をくすぐる香りが解放される。

「晩ご飯を一緒に食べるためですよ。ロゼさん言ってたじゃないですか。『お互いを知るという意味でも、食事は必ず一緒に摂るべきです』って」

「それは、言いましたけど……」

「でしょう？　それじゃあ、とりあえず座りましょうか。床もそんなに汚れてませんし」

「え、あ……座るなら、あっちにテーブルが」

「あんな堅苦しい席じゃあ、おいしいものもマズくなっちゃいますよ。ピクニック気分で、ここで食べましょう」

中に入ると、周囲の鉱雄軍の動きが聴き取りづらくなる。食事を摂るなら、屋外のここがベストだった。

バルコニーの床に腰を下ろして、広場の出店で買ってきた食品を並べていく。

卵サンド、鶏肉（とりにく）とアスパラの黒コショウ焼き、カリカリベーコンのサラダ、フルーツクレープ。いつか見たラインナップに、今回は焼き立てのパンを加えた。どれかひとつでも、ロゼの食べたいものがあればいいのだけれど。

ロゼはしばらく憮然（ぶぜん）としていたが、観念したように俺の対面にぺたん、と座り込んだ。

並べられたラインナップに熱い視線を送っている。ご飯はまだだったのだろう。ロゼは何度も唾を飲み込んでいた。

俺が卵サンドを、ロゼはパンを手に取った。

「いただきます」

どちらからともなく口にして、夕飯を摂りはじめる。

静かな夕飯だった。ロゼはうつむきがちに、暗い表情でもそもそと口を動かしている。いつもは笑顔でたくさん食べるのに。気が重たくて、胃が受けつけないのかもしれない。

夕闇が夜に侵食され、星たちがその瞬きを一層強める。

俺が本題に入ったのは、秋にしては寒い風が吹きつけた頃だった。

「どうして、ザカフ司教に従って戦場に？」

問いかけた途端、ロゼの動きがピタリと止まった。

俺は、素知らぬ顔で食事を続けた。自然体でいたほうが、ジッと待っていられるよりは打ち明けやすいと思った。

ロゼは、何度か俺の顔を見やった後、言い出しづらそうに吐露しはじめた。

「……司教さまが、約束してくださったんです」

「約束？」

「『前線で無効化の能力を使えば、カイルの殺人の罪を見逃そう』って……だから、私はここに」

口内に残った卵サンドを飲み込み、俺は声にならない吐息をもらした。

ロゼがここに赴いた疑念が晴れると同時に、強い後悔が押し寄せる。

俺に鉱魔術を行使したことで、ザカフは俺がアインを殺したことを知った。殺人を犯したことを知った。

ザカフはその罪を利用し、ロゼに罪悪感を植えつけたのだ。

ザカフに執行人（俺）の罪を裁く権利はない。

だが、根っからの聖職者であるロゼには、上位階級聖職者である司教のその言葉は、救いの言葉に聴こえてしまった。

聖職者たるロゼが自己犠牲を払うであろうことは、想像に難くない。加えて俺たちは、肩書き上は『駆け落ちしてきた恋人同士』だ。恋人の罪を見逃してもらえるのならと、そんな言い訳作りの心情も働いたのかもしれない。

そうしてロゼは、ザカフの思惑通り、自身を犠牲に首を縦に振ってしまった。

すべては、俺の罪を見逃してもらうために。

「昨日は、カイルさんの手を汚させてしまって、止められなかった自分に嫌気が差して、それで、子どもみたいに素っ気ない態度を取ったりもしちゃって……でも、それは私が受け身ばかりだったからなんじゃないかと思って。だから、自分になにかできるのなら、してあげたいと思ったんです。『救われようとせず、救う努力をしなさい』。治癒の聖女さまのあの御言葉（おことば）通り、護られるだけじゃダメだと思ったんです」

なのに、とロゼは目を伏せる。

「結局はたくさんのひとを殺(あや)めてしまいました。罪を見逃してもらうどころか、新しい罪を重ねてしまいました。手を、汚してしまいました……」

同じですね、私たち。

そう、いつかと似た台詞(せりふ)を口にして、ロゼは切なそうに微笑(ほほえ)んだ。

俺から言わせれば、ロゼは利用されただけで罪なんてひとつも背負っていない。死んだジオルーフ教徒にしたって、ロゼを殺しにかかっていたはずだ。正当防衛である。

だが、聖職者たる少女はそうは思わないのだろう。思えないのだろう。

俺のために、ありがとうございます。

そう口にするのは、簡単だった。

けれど、罪の意識に苛(さいな)まれているいまのロゼが、感謝の言葉を素直に受け止められるとは思えない。だからといって感謝の意を示さないのは、それはそれでちがう気がする。

笑顔を曇らせないためには、すこしでも笑ってもらうには。

考え抜いた結果。俺が取った行動は、

「……これ、どうぞ」

目の前にあるフルーツクレープを、ロゼに差し出すことだった。

論理的じゃない、ただの直感的な行動だった。

「え……あ、ありがとうございます……え、あの、なんでこのタイミング……？」

「いや、これもロゼさんが言っていたじゃないですか。オロレアに着いた直後ぐらいに。『甘いものはいいですね、嫌なことも忘れるし、幸せも二倍になる』って」

「…………」

「だから、まあ、いまだけでも幸せになってもらえたらな、と思いまして。はい」

よくわからないが、説明しながら俺は正座をしていた。

はじめて知った。俺は、論拠がない話をするとき、肉体が緊張の姿勢を取るらしい。

そんな滅多に見せることのない俺を目にしたからか。ロゼはぽかん、と呆気に取られたような表情を見せたあと、口元を押さえたままクスクス、と控えめに笑いだした。

笑ってくれた。

そのことに、自分でも驚くくらい安堵していた。

「なんですか、それ。カイルさんって、もしかして天然さん？」

「ロゼさんにだけは言われたくなかった……」

「はー、おかしい。おかしくて涙でてきちゃった」

言いながら、わずかに浮かんだ目尻の涙を拭い、ロゼはクレープにかぶりついた。

一口、二口。幸せそうな顔で甘さを堪能していく。

三口、四口。五口目にいこうとして、ロゼはおもむろに顔をうつむかせた。

肩が震えている。バルコニーの床に、ポタリ、と雨が降った。

空からじゃない。その雨は、ロゼの瞳からこぼれ落ちていた。

いつもなら見ない振りをしていた。

けれど、このときばかりは逃げずに、真っすぐに、少女を見つめ続けた。

「どうして、カイルさんなの？」

雨脚を強め、涙声を震わせながら、ロゼは言う。

「ここに来たのがカイルさんじゃなかったら、こんなに日常に戻りたいだなんて、思わずに済んだのに。祈らずに済んだのに」

「………………」

「帰りたい、帰りたいよ……あの家に、あの日常に……ひぐっ、帰りたいよぉ……」

過去の日常を惜しむように、ロゼは泣きながらクレープを頬張る。

戦争ははじまった。ここでロゼを連れ出し、それこそ愛の逃避行でもしようものなら、銃火器に頼っている鉱雄軍は虚を突かれ、多くの戦死者を出すことになるだろう。それがわかっているから、ロゼも黙ってこの屋敷に留まっている。

レミアが俺の姿を認識しないよう命令されていたのは、俺を寝過ごさせ、鉱雄軍の攻撃を止めさせないためだったのだと、遅ればせながら気づいた。ロゼを強制的に戦争に加担させ、罪の意識を背負わせ、ここで引けばもっと大勢の死者が出ると言外に脅し、戦場に縛りつけるためだったのだ。

では、そんな手遅れに見える状況の中で、なぜ俺はここまで足を運んだ？

（決まっている）

ザカフに従った理由を訊きだすため、そして、少女を日常に戻す作戦を伝えるためだ。

ロゼは自分を犠牲にしてくれた。

今度は、俺の番だ。

「引き受けました」

「……え？」

「日常に帰りたい、というロゼさんの依頼、たしかに引き受けました。俺の命に代えても遂行してみせます」

「……でも、わた、私は、もう、ひとを殺めて……」

「あなたがどんな罪を背負おうとも、ロゼさんはロゼさんです。バラをほかの名で呼ぼうとも、その甘い香りは変わらないように――大丈夫、俺を信じてください。そのための作戦を、いまからお伝えします」

そうして。

俺は、ロゼが日常に戻るための……この戦争を終わらせるための作戦を話しはじめた。

ロゼは半信半疑だった。当然だ。正直、たしかな根拠に基づく作戦ではない。

けれど、過去に二度、俺はその現象(奇跡)を体験していた。

一(いち)か八(ばち)か、賭けてみる価値はある。

奇跡は待つものではない、起こすものなのだから。

「これがうまくいけば、ロゼさんの日常を取り戻すどころか、両軍とも無傷で戦争を終えることができます。ロゼさんが、本物の救世主になれるんです。それまでに俺も、できる限りの最善を尽くします――ザカフ司教は、いまどこに？」

俺の作戦に一縷(いちる)の希望を見出(みいだ)したのか。

ロゼは涙を拭い、毅然(きぜん)とした表情で答えた。

「王都ウォシュルムに行っています。緊急の書簡でナレグ法王さまに呼び出されたのだとか。そのあとオロレアに一時寄るそうなので、戻るのは明日の夜以降になるそうです」

国の鈍重さを見かねて、ついに法王が動いたか。

それでも、ザカフが拘束されるといったことにはならないだろう。両宗教間には、聖地を巡る確執があった。中には、この戦争を望んでいた信者もいる。言ってしまえば、ザカフは信者たちが不満をぶちまけるきっかけを作っただけにすぎないのだ。信者が戦争を望んでいる以上、法王も信者の意に反するような真似(まね)はできない。ザカフを極刑に問う可能性は低いだろう。

だが――このタイミングで戦場を離れたのが、運の尽きだ。

うまく事が進めば、この戦争は明日中には終結する。

「なので、明日の戦いは私が指揮しろ、と言われました。私は戦争の素人(しろうと)なので、補佐官のようなひとが付くそうですけど……」

ロゼの力さえあれば、指揮官がいなくても勝利できる。そう慢心しているのだろう。

「好都合です。その補佐官とやらは無視して、戦争開始後、ロゼさんの思うタイミングで『賭け』に出ちゃってください。戦場を離れたあとは、こちらの屋敷で待機を」

「わ、わかりました。やってみます」

「その意気です――、っと」

ふと複数の話し声が聴こえてきた。屋敷に向かって近づいてきている。ほかの聖職者がロゼの夕飯でも運んできたのだろうか。

そろそろ、別れの時間だ。

並べた食事を紙袋に詰めなおして痕跡を消すと、俺はいつもの笑みをたたえた。

いつも通りすぎる笑顔だったのが、よくなかったのかもしれない。

「それじゃあ、俺は行きますね。無茶だけはしないように」

「……あ、あの」

「はい？」

「帰って、きますよね？」

「……、……」

ああ、まったく。

この少女に、嘘は通じない。

わずかな沈黙でなにかを悟ったのか。「カイルさん……？」とロゼが困惑気味にこちらに歩み寄ってきた。

俺は早々に身を翻し、バルコニーの手すりに足をかけて、無言で眼下の森に飛び立った。

まるで、ロゼから逃げているようだった。

「待ってます……私、待ってますからッ！」

背中にかけられたその言葉に、俺は応えなかった。

卑怯に、狡猾に、執行人らしく。

□

鉱雄軍がそうであるように、ジオルーフ教徒たちの軍勢もまた聖地を臨む平原に駐屯地を置いていた。遠目から観察する限り、かなりピリついた雰囲気を漂わせている。無理もない。大量投入した鉱魔術師が、能力を発動する間もなく倒されたのだから。

見ると、積み上げられた木箱から銃身が顔をだしていた。鉱魔術が使えなくなったときのために急遽取り寄せたのだろう。安直な対応だが、実直な対策である。

(まんま数世代前の戦争だな)

銃火器同士の争いとなれば、戦況は泥沼化の一途をたどる。

それまでに、俺はロゼの『賭け』の成功率をあげる一手を、打たなければならない。

決意を胸に、聖地を迂回しながら西に向かい、関所横の森を隠れながら抜ける。

これで、ダウロン帝国への密入国を果たした。

平原を渡り、砂漠地帯の街道を進む。夜間の急激な冷え込みに堪えながら、朝日が昇る前にダウロン帝国の中央都市——ジオルーフ教総本山でもある、帝都ギギリスを目指す。

ジオルーフ教のトップ、アハマ・カガール教皇に会うために。

地平線から太陽が顔を覗かせた頃、偽造した身分証を提示し、ギギリスに入る。

突き刺すような空気が街を支配していた。民の表情は暗く、商店通りも閑古鳥が鳴いている。聖地を奪われてなるものかという焦燥と、ファリス教への憎悪が渦巻いていた。

(暴動が起きるのも時間の問題だ)

戦争が長引けば、両国の溝は埋められないほどに広がってしまう。

俺はコートの襟で顔を隠し、早足で街の北方にあるギギリス教会に向かった。

早朝にもかかわらず、教会には多くの信者が詰めかけていた。教会前の路地を埋め尽くさんばかりだ。聖地奪還を祈るのか、ファリス教の撲滅を願うのか。彼らの目的は定かではないが、門前から中を確認した限り、ここにアハマ教皇はいなそうだった。

(となると、城の教会か)

ダウロン帝国の皇帝一族は、ギギリス中央にそびえ立つギギリス城に住んでいる。その城の敷地内には、皇帝一族だけが使用できる専用の教会が併設されていた。

コートに魔術を施し、光の屈折で自分の姿を隠すと、城の裏手から忍び込んだ。

師匠が活躍した時代は、こうした魔術による潜入は愚策とされていた。一発で魔術結界に引っかかるからだ。しかし、現代では鉱魔術が主流となり、魔術への対策がおざなりになっている。なんの危険も障害もなく、すんなりと目的地の教会に到着することができた。

こぢんまりとした小さな教会。

そのわずかに開いていた扉から、礼拝堂に侵入する。

教壇前でひとりの老人が膝をつき、祈りを捧げていた。

紺を基調とした煌びやかな法衣は、上位階級聖職者……その頂点を示すものだ。

魔術を解除して、羽織っていたコートを脱ぐ。

「アハマ教皇さま」

声をかけると、老人——アハマ教皇はこちらを振り返り、ぎょっと目を丸くした。

「そ、その黒の祭服……なぜファリス教の者がここにッ⁉」

「はじめまして。カイルと申します——あるいは、『罪人殺しの悪魔』と、そう名乗ったほうがよろしいでしょうか？」

言いながら、身分証代わりに短剣を取りだして、柄に刻まれたレリーフを見せる。

すると。教皇はドシン、とその場に尻餅をついた。

「ざ、ざざざ、罪人殺しの悪にゃッ⁉」

驚愕のあまり噛みつつ、教皇は地べたを擦るように後ずさる。

「な、ななななんで儂（わし）の下に⁉　いや、それよりも警備の者……は、全員聖地に出ているのだった！　クソ、なんたる運の悪さ……！」

「教皇さま、落ち着いてください。なにも危害を加えるつもりはありません。俺はただ、お願いをしに来たのです。すべては、この戦争を終わらせるために」

「せ、戦争を終わらせる、だと……？」

短剣を仕舞（しま）いながら言うと、恐怖しかなかった教皇の瞳に期待の色が滲（にじ）む。

アハマ教皇が、俺の話に耳を貸す確率は高かった。

教皇は、暗殺犯と疑わしき俺を連行しようとしていた。

やられたからやり返そう、ではなく、冷静に事情を聞きだそうとしていた。

それほどまでに理知的かつ反戦主義の人間が、戦争終結の話に飛びつかないわけがない。

「いったい、どのようにして終わらせるというのだ？　信者たちだけでなく、聖地にいる聖職者たちの怒りは限界だ。昨日の戦で、彼らは多くの仲間を失った。仇（かたき）を取ってやると、頭に血が上っておる。このような状態で戦争を終わらせることなど、とても……」

「ご安心を」

恭しく頭をさげ、俺は言う。

「明日の戦争で、聖地にいる聖職者たちは皆、怒りとともに武器を収めることになります。

一滴の血も流さずに、ね」

「か、カハハ……なにを世迷言を」

「密入国までして世迷言を口にするほど、俺は血迷っていません。たしかな算段が、勝算があるからこそ、こうして教皇さまの前に立っているのです」

先述したように実際は『賭け』であり、不確定な要素も多い作戦だが、教皇を説得するにはこうして断言したほうが効果的だろう。

事実、教皇は戸惑っていた。

俺の言葉を信じてもいいのだろうか、いや信じたい、と、揺らいでいるのだ。

「…………か、仮に、仮にそれが本当だとして、それだけで戦争終結とはならんだろう！戦場の血は止まろうとも、信者たちの怒りは消えない。今度は、街で血が流れるかもしれない。真の意味で戦争を終わらせるには、別の一手が必要になるぞ！」

「俺が、ザカフ司教を殺します」

教皇の息を呑む音が、静かな礼拝堂に響く。

国も法王も裁けない悪なのだから、執行人である俺が裁くしかない。

当然の帰結だった。

だがそれは、俺が同じ宗派の聖職者を殺し、異端者の烙印を押され、ファリス教を追放されることを意味している。

ロゼと——永遠に別れることを意味している。

あらためて自覚すると、胸が軋んだ。いままで感じたことのない、切ない痛みだった。

それでも俺は、一歩、覚悟を決めて教皇に歩み寄る。

「今回の戦争の火種を作った張本人です。彼を殺せば鉱雄軍は瓦解、今回の戦争の意味を失います——あとは、両宗教が信者たちの怒りを収める『事後処理』に徹するだけです。地道なロードマップかもしれない、禍根も残るでしょう。でも、今回の戦争を終わらせることはできます」

「……、……」

「そのためにも、教皇さまには三つのお願いを聞き届けてほしいのです。ひとつは、いま申し上げました事後処理のお願い。そして——」

区切り、俺は意を決して口にする。

ロゼの日常を護るために。

「——ふたつ目は、明日の戦争開始時、ジオルーフ教の軍勢を三十秒だけ停止させること。最後のみっつ目は、皇帝陛下が暗殺されたときの状況を詳しく教えてください」

◇

ロクに眠れないまま、駐屯地での朝を迎えた。

すでに勝利ムードを漂わせ浮かれている鉱雄軍に連れられ、ロゼリアは聖地に向かう。

その中途。ひとりの牧師がロゼリアの隣に並んできた。

「ロゼリア」

「え？　──ああ、アッシュさん」

並び立つ牧師、アッシュはうなずきで応えたあと、手にした銃を持ちなおして。

「指揮は執れそうか？　もし不安なら、補佐官とは別に、オレがお前の補佐(サポート)を務めるが」

「アッシュさんが、私の補佐を？」

「そうだ。と言っても、昨日の活躍ぶりを見るに、そう出番はないだろうが」

「とんでもない。知り合いが……アッシュさんが補佐に回ってくれるのなら、成功間違いなしです」

「成功？」

「これは秘密にしておいてほしいんですが」

周りを確認した後、ロゼリアはアッシュの耳元でこう告げる。

「開戦後、私がなにをしても、決して止めに入らないでもらいたいんです。絶対に、なにがあろうとも」

「……なにをするつもりだ？」

アッシュが訝しげにロゼリアを睨めつける。

威圧ではない。敵軍に突っ込んで自殺するつもりか、という意味の問いかけだった。

「変な気を起こすな。お前がどうなろうとオレの知ったことではないが、お前にはレミアとカイルがいる。命を捨てるつもりなら、オレは全力で止めに――」

「ああ、いえいえ、ちがいます。死ぬつもりなんかないです。むしろ逆で、明日を生きるために、この戦争を終わらせるんです」

「………なんだって？」

「終わらせるんです、この戦争を。今日限りで」

風が吹き、荒野に砂塵が舞う。

使命を背負った表情で、ロゼリアは聖地に足を踏み入れる。

「退屈で掛けがえのない、あの愛しい日常に戻るために」

戦争にはルールがある。国家戦争は言わずもがな、宗教戦争という別種の争いにもソレは適用される。無益な殺戮を避けるためだ。

ましてやそれが、『汝、殺すなかれ』という信条を掲げる聖職者であれば、ルールはなおのこと順守される。

互いの軍勢がそろったあと、開戦の合図を鳴らして戦う。昨日の戦も同様のルール下で行われていた。

朝日が昇り切った頃、両軍勢が互いの位置につく。

補佐官が右手をあげると、鉱雄軍銃部隊がその場に屈み、銃をかまえた。ジオルーフ教の軍勢もまた、銃をかまえて腰を落とす。無効化の能力を見越してきたか、とロゼリアは緊張を走らせる。自分の能力では、弾丸は撃ち落とせない。

緊迫した空気が流れて数秒後、各軍の後方からドン、と魔術の光弾が打ちあがった。

鉱魔術に押し流された魔術が、戦争の場ではいまだこうして利用されているというのだから、笑えない皮肉である。

煙の尾を引きながら空に昇り、やがて、光は四方八方に散るように弾けた。

それが――開戦の合図だった。

鉱雄軍の雄叫(おたけ)びが響き、白兵部隊が駆け出した。

銃部隊は、アッシュの右手が下がるのを心待ちにしている。そのアッシュはというと、前線に雄々しく立つロゼリアの動向を注視していた。いまだ自死を警戒してのことだった。

ロゼリアは精悍(せいかん)な顔つきで、荒野の先、相対するジオルーフ軍を見る。

──止まっていた。

白兵部隊だけでなく、銃部隊までもが引き金に指をかけたまま、なにかを待っているかのように……いや、誰かに命じられたかのように、停止していた。

昨夜のバルコニーを思い出す。

〝──開戦後、ジオルーフ教の軍勢が必ず動きを止めます。必ずです──〟

カイルの言っていた通りになった。

ロゼリアは感嘆しながら、修道服から鉱異石を取り出した。

賭けに出るなら、ここしかない。

〝──その直後に、全力で無効化の能力を発動してみてください。両軍の人間をひとりも殺すまいとする、『慈愛の心』を持って──〟

「お願い……ッ!!」

鉱異石を両手で握り、祈るように無効化の能力を発動させた。

——武器を手に取る兵士を思った。
家族がいる、恋人がいる、帰る家がある。
戦場に整然と並ぶ彼らひとりひとりに人生があるのだと、思いを馳せる。
——聖地に流れた血を思った。
不思議な石と明確な富を巡って、乾いた荒野に吸われていった血液の歴史を視る。
誰が望んだ、誰が笑った。
聖地に倒れた彼らが、目を閉じる瞬間、なにを祈っていたのかを悟る。
——硝煙の先に陰る未来を思った。
手を取り合う、ただそれだけの想像ができなかった為政者たちが、未来になにを残す。
なにも残していない、残せやしない。
未来を創るのは、肥えた権力者じゃない、誰でもない私たちだからだ。
——取り戻したい、あの日常を想った。
一緒に帰りたい背中がある、並びたい肩がある。
おかえりなさい。
その一言とともに、あのひとを迎えてあげたい。

そんな、私のただの願い（ワガママ）を、戦場に吹きすさぶ風に乗せて祈る。

ロゼの両手で握り締められた鉱異石が、役目を終えたとばかりに砕け散る。

直後。鉱魔術師たちが持っている鉱異石から、魔力が蒸発するように失われていく。

それと同時に、奇妙な現象が起きた。

「……え？」

進行を開始していた鉱雄軍の白兵部隊が、ピタリ、とその足を止めていた。

次の瞬間、ガシャン、と落下音が響いた。

両軍の銃部隊が、かまえていた銃をその場に落としはじめたのだ。

ガシャン、ガシャン、ガシャン。

まるで、戦いを放棄しているかのように、ボイコットするかのように、一斉に武器を手放していく。

ロゼリアの傍（そば）に立っていたアッシュもまた、手にした銃を地面に放り投げていた。ほぼ無意識の行動だった。

「こ、これって……」

〃――確証はありません。賭けになってしまいます。ですが、俺はソレを二度体験した。

そしてその二度のちがいは、『守りたい誰か』を思っての発動だったかどうかでした〟

カイルの作戦、一(いち)か八(ばち)かの賭け。日常に戻る架け橋。

〝ロゼさんの愛は、無効化の能力を変異させる……それを、明日の戦場でも起こるかどうか、試してみてほしいんです。大丈夫。そのときばかりは、なにも気にする必要はない。全力でぶちかましてみてください――〟

ロゼリアの唇が震える。まだ信じられない。

〝――うまくいけば、両軍の戦意をも無効化できるかもしれません――〟

魔力どころか、人間の意識にまで影響を与える、精神干渉の力。唯一無二の逸材。

まさに――奇跡の能力。

魔術は術者の精神状態に左右される。それは、鉱魔術でも大差ない。

戦争を止めたい、救いたいと願う術者(ロゼリア)の想いが、この奇跡を呼び込んだのだ。

とにかく、賭けに勝った。勝ったのだ。

ロゼリアは手に残る鉱異石の欠片(かけら)を捨て、走り出した。居ても立ってもいられなかった。

戦場のど真ん中にたどりつくと、武器を失(な)くした両軍に向けて、ロゼリアは言った。

肩で息をして、自分を落ち着かせる。

気を緩めると、泣いてしまいそうだった。

「みなさん、帰りましょう！」

少女の心からの叫びが、訴えが、乾いた大地に響き渡る。


「こんな荒野に、お腹(なか)を満たすパンはありませんッ!!」


ロゼリアの言葉を聞き、両軍はハッと目を覚まし、おもむろに踵(きびす)を返しはじめた。

戦意を消失させられたことで、戦場にいる意味を失ったのだ。

ロゼリアは両手で震える口元を押さえ、その場にうずくまった。

ポタポタ、と雫(しずく)が荒野に落ちる。嗚咽(おえつ)を堪(こら)えることができなかった。

「よかった……ああ、本当に、よかった……！」

血を流さずに済んで、本当によかった。

たくさんの人間を殺したからこそ、たくさんの人間を救えたことに、ロゼリアはどうしようもなく安堵(あんど)した。

「カイルさん、私……やればできました」

ひとりつぶやいた言葉は風に舞い、砂煙に混ざり合う。

死の聖女と呼ばれた少女が、多くの生命を救った瞬間だった。

両軍の唐突な戦意喪失により、戦場はもぬけの空となった。

この事態を『聖職者たちによる反戦抗議』と受け取ったジオルーフ教のアハマ教皇と、ファリス教のナレグ法王は、まるで用意していたかのごときスピードで当日、緊急会談を行い、ひとつの取り決めを交わした。

停戦協定である。

同時に、聖地の領有権に関しても、ファリス教側が譲歩し、領有割合を7・3と相手に譲る形となった。言うなれば、『戦争をふっかけてすまない』という詫びだ。

戦争をけしかけられ、戦死者をも出したジオルーフ教側としては10・0でも足りないぐらいだが、アハマ教皇の『禍根は残すまい』とする事後処理の精神が、3という数字となって表れた。

戦争を求めていた一部の信者は反発した。悲願の聖地奪還を諦めるのかと。だがそれは、あくまで一部の者だけだった。『汝、殺すなかれ』。ひとを殺してまで手に入れた聖地に神は宿らないと、大半の信者が心のどこかで察していた。

こうして。

不意打ちよろしく勃発した宗教戦争は、ひとまずの終わりを迎えたのだった。

火種を作った、すべての元凶を残して。

□

懐かしい森の道を抜けて、交易街道を歩いていた最中。すれちがった巡礼者が手にしていた小型鉱魔電信機（レディオラル）から、『停戦協定締結』という報道が流れてきた。

どうやら、賭けは成功したようだった。

（さすがだ、ロゼ）

この賭けはロゼの想いの強さこそが鍵だった。多くの人間を救いたいと願う、聖職者たる少女の想いが奇跡を必然に変えた。

最高の結果に思わず笑みをこぼし、俺は歩く速度を早める。

あとは、俺が最後の一手を打つだけだ。それで、この騒動は完全な終結を迎える。

ロゼが、安心して日常に戻ることができる――

オロレアに戻る頃には、太陽はとっくに眠り、日付が変わりかける深夜になっていた。

月下に照らされた街を、カツン、カツン、と石畳を響かせて歩く。

夜だから当然といえば当然だが、それにしても静かすぎた。まだ開いているはずの酒場も閉まっている。家の明かりもすべて不自然に消えている。

（避難している？　いや、ちがう……これは）

その可能性に気づいた瞬間、中央広場を取り囲む家屋の屋根上から、殺意を感じ取った。

即座に飛びのき、噴水を背に短剣をかまえる。

広場に降り立って現れたのは、三人のファリス教徒だった。

静かすぎる着地音、衣擦れを最小限に抑える歩き方。全員執行人のようだった。顔も、その黒を基調とした修道服も、俺への明らかな敵意を隠していない。

左、前、右と、俺を三方から囲み、三人は準備万端とばかりに戦闘態勢を取った。

「悪いね。ザカフ司教の命により、ここで死んでもらうけん」

「……護衛の執行人を雇ったのか。話し合う余地はなしか？」

「ウチらは交渉人やない。執行人やけん」

「仰る通りで」

複数人を相手取る場合、一対一の状況に持っていき、各個撃破していくのが定石だ。

そう考え、まずはひとり倒して退路を作ろうと、左に立つ小柄な執行人を振り向く。

「――、グッ⁉」

瞬間。踏み出した俺の左足が、眼下の石畳に沈んだ。

まるで、地面が泥になったかのようだった。すでに足首まで埋まっている。引き抜こうとしても引き抜けない。おかしな表現だが、泥のように液状化しているのに頑強な固形物がまとわりついているような、そんな不可思議な感触だった。

気づくと、左足首から上に向かってズズズ、と紫色のなにかがせり上がってきている。

と同時に、左足の感覚が麻痺（まひ）しはじめた。

「『毒』の異能、【毒空間（ワンルーム）】――ぼくが指定した空間は、どろどろの毒になって対象者を逃がさない。街のひとたちも、この異能の毒で眠ってもらったんだ。えらい？」

「クソ、これだから鉱魔術師は……！」

「えらいって言え」

毒の執行人が吐き捨てると、左足の毒化が加速した。

このままではやられる――

そう判断した俺は、手にした短剣に魔術を込め、左足の膝から下を斬り落とした。

躊躇（ちゅうちょ）はない。その先にある目的を思えば、痛みも感じなかった。

これで、自由に動ける。

「なッ、……!?」

驚愕する毒の執行人を捉え、短剣を強く握る。

「俺ひとり止められないくせに、誰がえらいって？」

飛び散る鮮血もそのままに、処刑魔術【鎖罪】を発動。瞬く間に毒の執行人を拘束する。

首に巻きつけた鎖の力を強め、気絶させておくことも忘れない。

敵対した執行人ではあるが、俺はコイツらを殺すつもりはなかった。

最期に殺めるのは、ザカフ司教ひとりだけだと、少女の涙に誓っていた。

「ウチに合わせろ！」「う、うん！」

攻撃は止まない。残るふたり――八重歯の女性執行人と、太った男性執行人が、こちらに向けて駆けだしていた。

片足では逃走もままならない。治癒魔術で止血したあと、覚悟を決めて短剣をかまえる。

（ふたりなら、なんとかさばける）

そう思案した直後――世界から、音が消えた。

自身の呼吸すら聞こえない。心臓の音もだ。どちらかの鉱魔術か。

思案していると、視界の中で女性執行人がナイフを振りかざした。

音のない世界で一度、二度とナイフを避(よ)けて距離を取ると、俺は背後を振り返り、直前にまで迫っていた男性執行人の首を左手で鷲摑(わしづか)んだ。

と。それがスイッチかのようにして、世界に音が甦(よみがえ)る。

「ああ、お前の鉱魔術だったのか」

「お、おいらの『音』の異能、【音殺(サウンド)】がぁッ⁉　な、なななんで、気づいたの⁉」

「なんでって……気配は殺せてなかったからな」

「け、気配⁉　そんなの人間に察知できるわけ――――、くぅ」

左手の握力を強めて頸動脈(けいどうみゃく)を絞めると、音の執行人は意識を失い倒れた。

あとひとり。こんなところで時間をかけるわけにはいかない。予備の短剣を取り出し、再度【鎖罪(チェーン)】を発動。ガードする間も与えず女性執行人に放った。

が。女性の身体(からだ)に巻きつく瞬間、鎖は地面に落ちてしまう。

もう一度放つも、幾本にも散らばった鎖は、まるで地面に吸いつくようにして落下した。

「か、『回避』の異能、【上流下水(ランナウェイ)】じゃ！」

まぶたを半分つむり、ぷるぷると怯(おび)えながら、回避の執行人は言う。

「この能力は、ウチへの攻撃をぜーんぶ地面に逃がす能力や！　あんたがどれだけ強うと、ウチは絶対に倒せないんよ！　どやッ！」

「ほう、あんたへの攻撃を全部ね……」

「そ、そうじゃ！　だからおとなしく殺されとけ！　いや、殺されてください！」

「じゃあ、あんたへの攻撃と見なされなかったら、ちゃんと通じるわけだ」

「………へ？」

風の魔術で瞬時に移動し、唖然とする女性の背後に回った。

左手で女性の口を押さえ、右手で短剣の柄を向ける。さながら人質を取るような体勢だ。

「これから俺は、拘束したあんたを貫通させる勢いで、短剣の柄を思いきり自分の腹に叩き込む。言わば自傷行為だ。さて、この場合、俺の行動はどういうあつかいになると思う？　俺が自傷行為だと認識している以上、狭間になにがあろうとも、あんたへの攻撃とは見なされない気がするんだが？」

「……、んー、んーッ!!」

「そうか。暴れるほど結果が知りたいか。じゃあさっそく検証してみよう」

ぶんぶんぶん！　と涙目で首を左右に振り乱す女性を無視して、俺は短剣の柄を自分の腹に叩き込んだ。しかし実際には、短剣の柄は狭間にいるなにかの腹に叩き込まれていた。

グッ、と小さな呻き声をもらし、回避の執行人の身体から力が抜けていく。

「執行完了」

倒れ伏す三人の執行人を見渡し、吐息まじりにつぶやく。

左足を失ったのは痛いが、達すべき目的を思えば小さな損失だ。

ふと。ポタリ、と石畳に雫が落ちた。動いたせいで出血量が増えてしまったようだった。

あらためて止血を施し、中央広場を離れる。

片足飛びで進む途中。教会が見えてきたあたりで立ち止まった。準備のためだ。

路地の壁に寄りかかり、呼吸を整える。一日に何度も自傷行為をすることになるとは。

露天で買っていたある物を首にさげたあと、覚悟を決めて、『ふたつのおまじない』を自分の身体に刻んだ。

（……未練がましいな、俺）

自嘲して、音が消えたような静かな世界の中、俺はオロレア教会を目指した。

◇

七色の月光が降り注ぐ、薄暗い礼拝堂にて。

ひとりの老いた聖職者が、教壇前で祈りを捧げていた。

カイルが後ろ手に扉を閉めると、聖職者はゆっくりと立ち上がり、こちらを振り向く。

「……やってくれたな、罪人殺し」

すべての元凶、ザカフ司教は、怒りに声を戦慄かせながら、カイルを睨む。

「あの小娘に余計な入れ知恵をしたのはお前だろう？　素直に従っておけば、いずれ私の『言葉』の異能、【従時間(ローヘッド)】で完全に洗脳し、飼い殺してやったものを……クソ！　お前のせいですべて台無しだッ!!　私の悲願が、私たちファリス教の本懐が、お前のせいで潰えてしまった！　すべて、すべてお前のせいだッ!!」

「なぜ、戦争を起こした？」

怒号を無視するように、カイルは訊ねた。

近くの長椅子に手をつき、バランスを取る。

すると、ザカフはカイルの欠損した左足に気づき、嘲るような笑みで指差した。

「フハハハ！　神の裁きを受けたか。下っ端の執行人でも役に立つものだな！」

「ん？　――ああ、左足がないことを笑ってるのか？　そんなことはどうでもいい。なぜ、戦争を起こしたと聞いてるんだ。こっちを向いて、口を開いて、しっかり喋れ」

「……？」

噛み合っていないような、わずかな会話の違和感に、ザカフは眉をひそめつつも。

「決まっている。それが私たちファリス教の長年の悲願だったからだ。私は、信者たちの願いを聞き届けたにすぎない。……それに」

区切って、ザカフはあの悪辣な笑みを浮かべた。

「聖地に眠る鉱異石を独占できたなら、利権をすべて独り占めできたなら、残りの人生を楽しく、楽しィィイく！　謳歌できるからなあッ！」

「……鉱異石、独り占め……金が目的だった、と言ってるのか？」

「そうだ！　街の浮浪者を見ろ！　彼らがなぜああなってしまったかわかるか？　信仰心が足りなかったから？　心が弱かったから？　神を信じていなかったから？　ちがうちがう、ちがあァァアうッッ‼　金がなかったからだッ‼　金がないから心が貧し、鉱異石を口にしてトビはじめるのだ。金のない現実から逃げはじめるのだ。金さえあれば、彼らは救われた。神ですら救えない彼らを、金なら確実に救うことができたのだッ！」

「…………」

「誰があんな姿になりたいと望む？　私は望まない。金は神に勝るのだ。……まあ、それゆえにトラブルは付き物だが、その困難を乗り越えれば幸せが待っている！」

「なるほどな」

カイルは左足に手を当て、またも治癒魔術をかける。

傷口から血が滴り、礼拝堂を汚す。

出血量が多すぎて、治癒魔術が効かなくなってきた。

「つまりは、金のために戦争を起こしたと。浅い理由だな」

「浅い？　本気で言っているのか？　なら逆に、どんな理由なら深くなるのだ？　世界を征服するため？　誰かの仇を取るため？　見知らぬ誰かを救うため？　反吐が出る。偽善だ。どんな理由にしてもすべては自己満足だろう。逆説、『なんとなく』でもいいのだ、理由なんてものは。金という動機があるだけ、私の行動は深いだろうに」

「早くてよく見えないが、おそらくは『浅くない』と反論しているんだな？　まあ、そこの解釈は好きにしろ。別に、動機の深度で討論したいわけじゃない」

「……なんなんだ？　お前。先ほどから、なにか会話が……」

「とにかく。その深くも高尚な動機のために、あんたは俺という存在を利用したわけだ。ザカフ司教……いいや、こう呼んだほうがしっくりくるか」

失血で霞みはじめた視界の中、カイルはシニカルに笑ってみせる。

「爆発の異能を持つ『四人目』を操っていた――隠れた『五人目』、と」

「今回の戦争は、偶然の連なりで起きたものじゃない。

「ザカフ司教。あんたが張り巡らせた謀略の積み重ねで起きた必然だったんだ。

「まずはじめに、あんたは聖地を独占しようと考えた。理由は、金のため、だったか？

「だが、小さな紛争はあれど、両宗教の関係は平行線を維持していた。

「このままでは、いつまで経っても聖地を取り戻せない。

「そう危惧したあんたは、ジオルーフ教の『失態』を引きだそうとした。火種作りだ。

「ジオルーフ教にわざと取り返しのつかない失敗をさせて、関係を最悪にし、宗教戦争を起こした末に、交渉のテーブルを叩き割ろうと考えたんだ。

「『カイル』という、ファリス教所属の執行人を利用して。

「その下準備として、あんたは数ヶ月前の国際会議で『罪人殺しの悪魔』の噂を流した。魔術武器の短剣＝罪人殺しの悪魔、という図式を即座に連想させるためだ。

「俺が『カイル』であることと魔術武器を使用しているという情報は、おそらく執行議会に赴いたとき、師匠のメリルの自慢話でも聞かされたんだろう。大魔術師のメリルが言うのなら間違いないと、太鼓判を押されたような気持ちで俺を利用することを決めたわけだ。

「次にあんたは、ダウロン帝国皇帝を暗殺する。

「もちろん、あんた自身がやったんじゃない。皇帝の傍にいた近衛兵をその異能で操り、暗殺を成し遂げたんだ。

「その後、用済みとなった近衛兵は、首を吊らせて処分した。

「彼の足元に、中央教会宿舎から盗んでおいた俺の短剣を置いておくことも忘れない。

「もっと早くに気づくべきだった。ファリス教に所属している俺の短剣が盗まれたんだ。なら、盗んだ犯人もファリス教の聖職者だと考えるのが自然だ。反省しないとな。

「ともあれ——これで、短剣を見た人間は、罪人殺しの悪魔の仕業だ、と自然に連想する。


「だが、そのミスリードもすべてあんたの謀略だった。

「その証拠のひとつが、近衛兵の死因、首吊りだ。

「アハマ教皇曰く、現場には俺の短剣と彼の長剣があった。なのに、彼は首を吊ることを選んだ。自殺するのなら、それらの得物で腹を切ることだってできたはずなのに。

「けれど、彼はそうしなかった……いや、あんたはそう操らなかった。なぜか？

「傷を負った瞬間、痛みで能力が切れてしまうからだ。

「頭痛程度の痛みで自我を取り戻せるんだ。刺突の激痛ともなれば、一瞬で目を覚ます。

「痛みで目を覚ました近衛兵が、言い逃れのできない状況に追いやられて、その強い忠誠心がゆえに、自分がやりました、と暗殺の冤罪をかぶる最悪の事態を避けたかった。

「そのために、鎧を脱ぎ捨てるという不自然さを残してでも、首吊りをさせるしかなかった。

「首吊りなら、能力が切れても死は免れない。まして、縄がジャンプしなければ届かないほどの高い位置にあるのなら、なおさらだ。

「まあ、近衛兵の首周りに引っかき傷のようなものはなかったというから、おそらくは首を吊った瞬間に首の骨が折れて気絶し、そのまま息絶えたんだろう。

「それでも、スムーズに事が進むか心配だったあんたは、近衛兵が自殺し、短剣から罪人殺しの悪魔を連想するまでの様子を、『鳥』を操って監視していた。

「……なんだ、その驚いた顔は？　アハマ教皇がしっかり話してくれたよ。

「『隣国の悪魔が皇帝を暗殺した』と口にした直後、バルコニー正面の樹が音を立てて、鳥が飛び去っていった、と。近衛兵の死と暗殺犯のミスリードができたのを確認した瞬間、自分の下に帰るよう操作していたんだろうさ。

「小動物まで操るとはな。余念がない。いや、余裕がなかったのか。

「じゃあ、そもそもの話、あんたはどうやって他国の近衛兵を操ることができたのか？

「アハマ教皇の話だ。数ヶ月前の国際会議。突然、なんのアポもなく皇帝に近づこうとした隣国の司教がいた。そいつを、近衛兵は羽交い絞めにして、会議場から追い出していた。

「この司教こそ……ザカフ、あんたのことだったんだ。

「あんたは、無礼を働くことで、皇帝側近の近衛兵にわざと接触したんだ。

「結果、彼はまんまとお前に羽交い絞めをした。接触してしまった。あとは、至近距離で能力を行使し、近衛兵を傀儡に仕立て上げるだけだ。

「だが、あんたの能力は一晩程度しか持続しない。定期的に能力をかけ続ける必要がある。

「そこであんたは、近衛兵の日課に『聖地の警備』を追加した。

「アハマ教皇が言っていた。『国際会議の翌日から彼は毎日、聖地の警備もしていた』と。

これは、あんたに操られ、能力の更新をしに行っていたんだ。

「聖地は、王国と帝国の国境に位置しているから会うのも簡単だ。謀略の逢引きだな。

「その後。罪人殺しの悪魔の噂の煽りを受けて、俺はイルベルに左遷された。

「俺の左遷は誰でも知ることのできる情報だったが、火種に利用しようとしているあんたはとにかく、いち早く俺にまつわる情報を摑む必要があった。

「だからあんたは、大聖堂の執務室の本棚の裏に、操ったネズミを忍ばせて、俺と法王の会話を盗み聴きした。

〃――いや、すまない。ネズミが出てないか心配でね――〃

「ナレグ法王はそのことに気づいていた様子だったが……いや、いまは置いておこう。

「俺の左遷先を知ったあんたは同じように小動物を操って、今度はアハマ教皇を監視した。

「数日後。アハマ教皇がジオルーフ教の執行人をアルート王国に潜入させたタイミングで、あんたは『四人目』の爆発の異能で作らせた爆弾人間を送り込み、イルベルを燃やした。

「俺を狙った刺客だと思っていた。それは半分正解で、半分間違いだった。

「あんたは、イルベルを燃やすことで入国制限を敷く流れを作り、執行人の潜入を密入国という重罪に変え、それをそのまま、ジオルーフ教の失態に仕立て上げようとしたんだ。

「とんだマッチポンプさ。

「調査団の動きが早いわけだ。なにせ、調査なんてひとつもしていなかったんだからな。

「ここに戻る前、イルベルに寄って話を聞いた。誰も調査団を見ていなかったよ。

「あんたは上位階級の権力を駆使して、堂々と捏造した調査結果を報道するよう仕向けていたんだ。

「だからこそ、あんたは俺を始末しようとした。

「俺が生き残っていたら、ジオルーフ教側に『皇帝暗殺の件で訊きたいことがあったから潜入させた』という言い訳が立ってしまうから。失態が失態じゃなくなってしまうから。

「俺を始末することで、ジオルーフ教のそうした言い訳を失わせたかったんだ。そうすることで、密入国という失態がより浮き彫りになる。

「はじめて会ったとき俺を操ろうとしたのは、自殺でもさせようとしていたのか……まあ、いまとなってはそれもどうでもいいが。

「失態の種を作りだしたあと、イルベル大火災の犯人をジオルーフ教の聖職者と断定、という捏造報道を流し、両国の関係を悪化させ、戦争開始の機会をうかがう。

「だが、俺がアインを始末し、ロゼの無効化の能力がバレたことで、事態は加速する。

「ここを好機（チャンス）と睨（にら）んだあんたは、ジオルーフ教の執行人がロゼの殺害を試みた、と事実を歪曲（わいきょく）して報道。信者の怒りを一気に焚（た）きつけ、失態を戦争の火種に昇華させた。

「あとは、あんたもよく知る経緯と結末だ。思い描いた青写真とは程遠かっただろうが。

「――ん？　随分と余裕そうな顔をしてるな？

「ああ、『四人目』の正体がまだバレてないと思ってるのか。

「お生憎（あいにく）さま。『四人目』はとっくに見つけたあとだよ。

「あんたが口封じに殺そうとした、優秀な錬金術師が命からがら教えてくれた。

「数日前。商店通りのカフェ近くの街灯、その上に操った小鳥を置いて、俺とルルの会話を盗聴までしていたってのに。残念だったな。

「イルベルの爆弾人間、奴らに被せられていた黒布の鑑定は、ちゃんと完了していたんだ。

「『にじ』『ちか』――ルルが残した、ふたつの単語だ。

「『ちか』は、言わずもがな、この虹色のステンドグラスのこと。

「『ちか』は、この教会の地下倉庫のことだ。

「ルルの鑑定は、物質の原材料や生産地はもちろん、唾液ひとつからなにを食べていたか、肺に付着した埃はなにか、果ては呼気に含まれる魔力煙の濃度までをも知ることができる。

「黒布の素材から、それがオロレア産であること。

「唾液の主が食べていたものが、この街の食品であること。

「肺にあった埃から、主が閉じられた場所にいたこと。

「呼気の魔力煙の濃度から、その主がいる土地の高度をも解析し……結果、オロレア教会の地下、というひとつの解を導きだしたんだ。

「その鑑定結果を聞いた俺は、ロゼに会う前に、オロレア教会の地下倉庫に向かった。

「そこには非常食や古い道具、それに拷問器具……アイアンメイデンが保管されていた。

「『四人目』は、その中に監禁されていた。

「アイアンメイデンは、倉庫の奥に隠すように置いてあった。普段なら絶対に近づかないような奥まった位置だ。埃も溜まりやすい、魔力煙も薄い場所だった。

「『四人目』は、ほかの爆弾人間と同じように、目と口が縫われていた。鼓膜が破られていなかったのは、あんたの言葉を聞かせるためだろう。

「かなり衰弱していたが、生きてはいた。あれを生きている、と言っていいのかは謎だが。

「爆弾人間は、『四人目』に接触するかなにかして作られたあと、イルベルに向かう直前までここの地下倉庫で待機させられていたんだろう。だから、黒布からここの地下の埃と薄い魔力煙が鑑定された。

「服装ややつれ具合からするに、『四人目』も爆弾人間も、元は浮浪者だと思われる。街からいなくなっても気づかれない都合のいい人材を、あんたは利用したんだ。

〝――ふふ。半日程度しか空けてらっしゃらないのですから、心配なさるようなことはなにもありませんわ――〟

「心配だっただろうな。レミアたちに見つかりやしないかと。

「だからあんたは、毎日と言っていいほど頻繁に聖地に通いながらも、すぐ教会に帰ってきていたんだ。『四人目』に行使した能力を、つど更新するために。

「さて。これで大体の謎は明かしたか。

「もし懺悔があるのなら、いまのうちに聞いておいてやるぞ？　『五人目』の首謀者」

◇

雲が流れ、虹色の月光が陰る。

カイルの長い推論を聞き終えたザカフは、しばし唖然とした後、哄笑した。

腹を抱えながら、息も絶え絶えにザカフは続ける。

「だから、だからなんだというのだ？　名探偵を気取って謎を明かして、だから？　そこから私をどうするというのだ!?　いま話した推論を法王に、果ては国王に聞かせたところで、確証がない妄言である以上、私を捕まえることはできない！　地下倉庫の浮浪者にしてもそうだ。教会が浮浪者を『保護していた』だけだと押し通せる。なにせ私には、司教としての権力があるのだからな！　報道と同じように捏造するだけだ！」

「…………」

「そうされる前に私を始末する？　いいや、不可能だ。お前は扉を閉めた。この礼拝堂を、音の反響しやすい密閉空間にしたのだ。その時点で、お前の死は決定付けられている！」

おもむろに右手をあげ、ザカフは告げる。

「【自殺しろ】ッ‼」

憎悪を乗せた大声とともに、ザカフは【従時間】を行使した。

密閉空間での大声量。これなら、至近距離でなくとも相手を操ることができる。少なくとも、身体の自由を奪う程度の操作は可能になる。

はずだった。

しかし。実際には、なにも起きなかった。

目の前のカイルは微動だにせず、長椅子に手をつき、ザカフを見つめているだけだった。

「――効率厨」

ぼそりと、カイルはつぶやく。

「ルル曰く、俺は非効率な選択を取らない効率厨なんだそうだ。言われてみればそうなのかもしれない。俺は論理的なものが好きだ。説明可能なものを好む。理由のない行動は、あまり好きじゃない」

「な、なぜ……私の能力が効かぬのだ……？」

「そんな効率厨の俺が、あんたを始末する前に、無駄な推論をダラダラと聞かせるわけがないだろうが。非効率すぎる――意味があるから長々と語ったんだ。この戦争を、完全に終結させるために。以前のように操られるだなんて失敗をしないために。俺は俺の下準備をしていたんだ」

風が吹き、雲が流れ、七色の月光がカイルを照らす。

「お、お前、それは……!?」

驚愕の表情で固まるザカフを目にし、カイルは薄く微笑んだ。

ポタリ、と血が滴る。

左足の傷口からではない。両耳から、その雫はこぼれ落ちている。

〝――こっちを向いて、口を開いて、しっかり喋れ――〟

鼓膜が破れていた。

ザカフの言葉を聴かないよう、カイルが自分で破ったのだ――ここに向かう直前、路地で行った『おまじない』のひとつが、これだった。

これで、ザカフに操られるという失態を、繰り返さずに済む。

相手の口元を見て、読唇術で会話をしなければいけなかったのが難点ではあったけれど。

音が消えたような静かな世界の中、カイルは続ける。

露天で買ったある物。首からさげた、粗雑なネックレス。

その、宝石部分を握りしめて。

「コレを手にした瞬間、好みじゃないが、感覚的に理解した。長い推論を語ることが――あんたの罪を並び立てることが、発動条件だったんだ。相手の罪を論理的にバラして理解して、そうしてはじめて、俺は俺の鉱魔術を発現できる。言うなれば、『罪』の異能ってところか」

「……ッ、まさか⁉」

「何度も言うように好きじゃないんだ。好きじゃないんだが、あんたを確実に始末できるのなら、いくらでも利用してやる。執行人に、失敗は許されない」

後ずさるザカフを見据えながら、カイルはネックレスのチェーンを引きちぎり、真っ赤な宝石を――鉱異石を右手に握った。

そっとまぶたを閉じ、カイルは能力を発動した。

網膜を焦がさんばかりのまばゆい輝きが、礼拝堂にあふれる。

「――【開かずの懺悔室(コンフェショナルゼロ)】」

◇

光が弱まってきたのをまぶた越しに確認し、ザカフは恐る恐る目を開く。

礼拝堂にいたはずのザカフは――個室にいた。

大の大人ひとりが座れるほどの手狭な空間だった。実際に、ザカフの足元には丸椅子が一脚置かれている。床、壁、天井はすべて木製だった。出口は、ない。

壁を叩いてみる。反響しない。まるで、壁の向こうに土が……いや、石が詰め込まれているかのような手応えだった。

見ると、格子窓がひとつ設けられていた。窓は手が入るか入らないか程度の大きさで、格子は細かい。ひとが通り抜けることは無理そうだ。座ると、ちょうど顔の位置にあたる。

それを確認した瞬間、ザカフはこの空間の正体に気づく。

「ここは、懺悔室……？」

「終わりだ、ザカフ司教」

ふと。格子窓の奥から声が聴こえてきた。

同じ造りの一室に佇む、カイルだ。

カイルは長く息を吐き、丸椅子に腰を下ろした。目を開けられない。失血による目眩が激しくなってきた。治癒魔術が切れ、すでに床は血まみれになっていた。

このままでは、あと五分も保(も)たない。

充分だ――と、カイルはひとり微笑んだ。

「地獄で会おう」

カイルが告げた直後。

手狭な一室が、さらに小さく狭くなろうと、縮小をはじめた。

木製の床が、壁が、天井が、中にいる対象者を圧死させせんと迫りくる。

【開かずの懺悔室(コンフェショナルゼロ)】。

中にいる者の罪の重さに応じて各部屋が縮小し続ける、特殊にすぎる異能。

術者本人も喰(く)らわなければいけない諸刃(もろは)の能力ではあるが、それゆえに、確実に対象者を始末することができる。

隣のザカフが「ひ、ひぃッ……だ、誰か、誰か助けろッ‼」と恐怖に叫ぶ。だが、その声は誰にも、カイルにも届かなかった。

カイルの右足が床と壁に挟まれ、メキメキメキ、とすり潰された。

次いで左腕が、その次に右腕が潰された。

頭の中に響く自身の骨の粉砕音を聴きながら、カイルはここで、ようやく気づく。

（ああ、そうか）

なぜ、ロゼリアを聖女にしようとしたのか？

あれほどまでに、あの少女を護ることに固執したのか？

——夢を見たからだ。

世界の救世主となる人物を仕立て上げることで……あきらかな『善行』を積むことで、執行人として重ねてきた人殺しの『悪行』を、清算したかった。

そうして、人並みの人生を歩むことが赦される人間になって。

〝——えへへ！　はいッ、約束です——〟

少女の隣を、少女と一緒に、歩いてみたかったのだ。

「……いまさら、だな」

自嘲すると、口から血が噴き出した。肺も潰されたようだ。もはや、痛覚がなかった。

格子窓を見る。ザカフの皺くちゃの手が、助けを求めて伸ばされていた。

それを見ながら、カイルはある日の商店通り、ロゼリアに抱きついてきた少女の言葉を思いだした。

だが、ザカフに神は似合わない。

カイルは皮肉にアレンジして、こう言った。

「悪魔のご加護がありますよーに」

格子窓に伸びたザカフの手が、曲がってはいけない方向に曲がる。格子に血が飛び散る。

執行完了。

胸中でつぶやきながら、カイルは最期に、自身の心臓が潰される終焉(しゅうえん)の音を聴く。

自分のことは好きじゃない。

けれど、少女のために身を挺(てい)するいまの自分は、ちょっとだけ、嫌いではなかった。

# エピローグ  朝を告げるひばり

epilogue

◇◇

『オロレア教会所属のザカフ・オリオス司教、浮浪者監禁および殺害の容疑で捕縛』

停戦協定を結んだ翌日。そんな衝撃的なニュースが全国を震撼(しんかん)させた。

正義を謳(うた)って戦争をふっかけた元凶が、赦されざる悪行で捕まる。

まるで、用意していたような、見計らったかのようなタイミングでの報道だった。

当のザカフは、その日の早朝、オロレア中央広場の噴水で発見されていた。

全身の骨が折れていたが、奇跡的に一命は取り留めていた。ただ、背骨が複雑に折れていたため、二度と起き上がることはできなくなっていた。また、頭蓋骨の一部が粉砕し、言語野が傷ついていたため、二度と言葉を話せなくなっていた。

オロレア教会の地下倉庫、アイアンメイデンに監禁されていた浮浪者は無事保護された。

しまっていた。

しかし、長期間の【従時間(ローヘッド)】行使による弊害で、こちらもまともに言葉を話せなくなって

聖職者による、人権侵害行為。

言わずもがな、ザカフ・オリオスは司教の座をはく奪される運びとなった。

その通告の言葉すら、牢屋(ろうや)のベッドで横になるザカフにはもう、理解できなかった。


時を同じくして。聖地ノスタルンにて、とある死体が発見された。

二十年以上前の白骨死体だった。性別は男性。死体は、後頭部に殴打された痕があり、頭蓋骨が砕けていた。殺人だ。そんな凶行を隠すようにして、死体は鉱異石発掘場の入り口付近の地面に埋められていた。

王国の正式な調査団が捜索したところ、その死体の男性は、ザカフの親友であることが判明した。

さらなる調査の結果、ふたりの生い立ちが見えてきた。

二十数年前、ザカフとその親友はダウロン帝国に住んでいた。ふたりは、帝国の貧民街に転がる浮浪者だった。

心機一転アルート王国で生まれ変わろうと、ふたりはなけなしの金を手に、聖地を横断

してオロレアを目指した。

その途中で、親友は聖地に漂う高濃度の魔力煙に倒れた。白骨に染みついた魔力煙濃度からそれが読み取れる。急性魔力煙中毒だった。二十年前の聖地は、鉱異石が大量に発掘できた時代で、魔力煙害も甚大だった。

おそらく、ザカフはそこで親友を助けず、殺すことを選んだ。

なけなしの金を、独り占めするためだ。

親友殺害後、ザカフはオロレアに入り、その金で聖職者という偽の身分を買い、オロレア教会に駆け込んだ。すこし前に収監された、情報商材で詐欺を働いていた男性が所属する、老舗の詐欺グループの過去データに、ザカフの身分購入履歴が残されていた。

〝――こんなことでは、聖地で果てた友に笑われてしまう――〟

敬虔(けいけん)な聖職者をよそおい、ザカフは司教の座にまで上り詰める。

けれど、親友の死体が見つかったら……、そんな心配を拭い切れず、毎日のように聖地に出かけた。死体が掘り返されていないか確認するためだ。

見つかっていないことを確認したらほっと胸をなでおろして教会に戻り、神託を授ける。のうのうと、聖職者の顔をして。

こんな殺人者が司教を務めていた、という事実に、国民はショックを隠し切れなかった。

そのまた翌日。国民の動揺を抑えるように、ナレグ法王は鉱魔電信機で放送を行った。
「あなたの神を、信じてください」
たったそれだけの、短い放送だった。
けれどその放送を聴き、国民たちは心根をピン、と伸ばされたような気持ちになった。
信仰心を思い出したような気分だった。短い言葉だからこそ、国民の心を強く打った。
同時に、ザカフのような人間にはならないようにしよう、と固く胸に誓った。
ナレグ法王の言葉はさながら、言霊のようだった。

「……これでいいかな」
「おつかれさーん、ナレっち」
大聖堂の執務室。ナレグ法王が鉱魔電信機のマイクを置くと、ソファに座る女性が軽い調子でひらひらと手を振った。
派手な彩色の服を着た女性だった。王都の若い女性を指す、いわゆる『ギャル』と呼ばれる容姿に酷似している。見た目は十八歳ほどに見えるが、実年齢は五十歳を超えていた。

彼女こそ、カイルの師匠。

執行人であり大魔術師の、メリル・ザ・ハードだ。

「もう放送は終わりなん？」

「ええ。僕の役目は終了です。あとは、国民が各々立ち上がってくれるでしょう」

「放置主義すぎね？　それで信者がついてくんだから、法王ってマジチョロい仕事だね」

「我々がすべきことは、信者の手を引っ張ることではなく、寄り添うことですから」

「わーお詭弁――つか、聖職者のそんな信条はどうでもいいんよ。本題いい？」

「ええ、どうぞ。お待たせしてすみません」

「ウチのカイルちゃんが飛ばされた場所、教えて。なるはや、てか、いますぐ」

メリルが言い放った瞬間。執務室の空気が重くなった。

感覚の話ではない。メリルの怒りに比例して、実際に重力が増していた。

テーブルに置かれたティーカップが小刻みに振動し、ついには割れた。本棚が倒れ、窓ガラスにヒビが入る。

「昨日、三人のあの雇われ執行人に話を訊いたよ。雇い主のザカフは教会で待機していた。それなのに、朝には中央広場の噴水に飛ばされていた。これは、鉱魔術の最上位クラス、『空位顕現』が発動された証っしょ」

ザカフが捕縛された朝。オロレア教会の礼拝堂に、カイルはいなかった。

最初からいなかったかのように、忽然(こつぜん)とその姿を消していた。

ただ、礼拝堂のカーペットに、わずかな血痕が残されているのみだった。

「空位顕現はマジ強力。鉱異石に宿る異質な魔力と、術者の魔力がごちゃ混ぜになって、一種の亜空間を生み出す。だからこそ、能力を解除したとき、とんでもない暴発が起きる。カイルちゃんとザカフは、その魔力の爆風に飛ばされて転移(ワープ)させられたんよ——ザカフは運良く近場だったけど、カイルちゃんはちがった。少なくとも、ウチの【魔凝視(サーチ)】で見る限り、アルート王国内ではない。もっと、遠い場所に飛ばされたんだ」

そこで言葉を止め、メリルはジッと法王を睨(にら)んだ。

だから早く教えろ、という無言の威嚇だ。

だが、ナレグ法王は一切怯(ひる)まず、それどころか飄々(ひょうひょう)と微笑を浮かべて答えた。

「教えられません。正確には、教えても意味がありません」

「ウチって結構、短気なんだけど。痛い目見ないとわかんない？」

「ご理解ください。私の異能は、あなたが誰よりもご存じのはずです」

「……じゃあ、カイルちゃんの生死だけでも」

「それも教えられません。僕が教えられるのは、『教えられない』という事実までです」

ナレグ法王に与えられた『予知』の異能、【未来予想視(ドリームカムルック)】。

未来を視(み)ることができる、ただそれだけの鉱魔術だ。

視える未来は確定したもののため、干渉しようとしても、あらゆる事象がそれを阻む。

事故死する未来の人間を助けようとしても、その人間が事故死する未来は変わらない。

どこに逃げようと、どこに隠れようと、事故で死ぬ未来は変えられない。

ただし、未来までの行程は変えることができる。

カイルを辺境に左遷したのも、メリルに、ザカフとアッシュにわざと弟子自慢をするよう仕向けておいたのも、すべては『ある未来』を、できるだけ穏便な形で迎えるためだった。

その未来とは――

「あーあ、ナレっちの頑固発動だよ。そうですかそうですか。ウチは、ナレっちの愛娘のためにカイルちゃんを利用させてやったってのに、ナレっちはウチに利用されてくれないと。ったく、これだから親バカは」

「……申し訳ありません」

「謝んなし。勝手にキレたウチが余計ガキっぽくなる」

メリルが呆(あき)れながらため息をつくと、執務室の重力が元に戻った。

ナレグ法王の隠された一人娘――ロゼリアを護(まも)る未来。

その未来のために、法王はカイルという旧友を利用させてもらった。

〝――なにかを隠すのには打ってつけの辺境だよ。本当にね――〟

ナレグ法王がロゼリアを捨てたのも、すべては少女の未来を案じてのことだった。

自分の手元に置いておけば、ロゼリアは無効化の能力を発揮し、法王の娘として過酷な未来を歩むことになる。宗教戦争で聖女と呼ばれ、数百万の聖職者を殺すことになる……

そんな、まさしく死の聖女然とした非道を行う未来が待っていた。

娘のやわらかく、温かな手を、血で汚したくない。

そう慮った法王は、胸に抱いた赤子のロゼリアを、イルベルの森に捨てたのだった。

顔を覗きに行くこともできなかった。十五年前、聖地巡礼時の休息所として建てた別荘が、ナレグ法王が愛娘にかけることのできる唯一の愛情だった。テントで休むのは忍びないだろうと、十五年前から別荘の建築を計画していたのだった。

「まあ、でも」

と。おもむろにソファから立ち上がり、メリルは猫のように背伸びをする。

「ナレっちに教えてもらわなくても、カイルちゃんはたぶん大丈夫か！　だって、ウチを殺してくれる唯一の逸材だもん。こんなことで死ぬはずないっしょ！」

「……かもしれませんね」

「大丈夫。うん、大丈夫だよ……絶対」

自分に言い聞かせて、メリルは窓の外を見やった。

「カイルちゃんには、待っててくれてる子がいるもんね」

▽

カイルさんがいなくなって、五ヶ月が経った。

ザカフ司教がはじめたあの宗教戦争は、信者の心に深い傷跡を残した。

物理的にも、精神的にも。

ナレグ法王の御言葉は信仰心を想起させた。きっと各々立ち上がることはできると……けれど、それは『いつか』の話で、『いま』の話ではなかった。ひとりで立ち上がるには、かの戦争は重すぎた。

私たち聖職者もそうだ。ザカフ司教に煽られたとはいえ、怒りに任せて信条をやぶった（やぶってもいいと思った）私たちは、自身に見えない枷を課していた。

そうした悔恨の念を抱いたまま、私たちは日常をすごしていた。

カイルさんのいない、日常だ。

今日もまた、簡易懺悔室にルルさんがやってきた。

二ヶ月前に退院したルルさんは、時間を見つけては私に会いに来てくれた。

「カイルはほんとダメダメだね。ロゼにさみしい思いをさせるなんて。女心ってものがわかってないよ、うんうん」

懺悔室の小さな個室。いつものように私の膝上に座りながら、ルルさんはそんな他愛のない話をしてくれる。

レミアさんもアッシュさんも、それに街のみんなも、私を気遣ってくれた。忘れかけていたけれど、みんなの中で私たちは、駆け落ちしてきた恋人同士だったからだ。

なるべくカイルさんの名前を出さないように、触れないように、腫れ物をあつかうみたいにやさしくしてくれた。

けれど、その気遣いが、逆にカイルさんをより思い出させて、辛くなる瞬間があった。

だから、こうしてストレートに触れてくれるルルさんが、私にはありがたかった。

「さみしくなったら、ボクの家に来なよ」

物思いにふける私を振り返って、ルルさんは言う。

「ようやく新居ができたんだ。入院中に依頼しといてよかった。今度はちゃんとプロに頼んだから大丈夫。ボロくもクサくもないよ。新型のガジェットもあるし……あ、甘いものもいっぱい用意するよ。だから――、むぎゅっ」

焦ったようにまくしたてるルルさんを、我慢できずに後ろから抱きしめた。

家に帰っても誰もいなくて。熱いお風呂に入ってもなんだか温まらなくて。目が覚めるたびに隣室の空洞音が心を絞めつけて。まぶしいだけの庭が過去の遺物に見えて。

そういう、口にできない、溜まりに溜まった想いを、ルルさんを抱きしめることでぶちまけた。

「……大丈夫、大丈夫だよ。ロゼ」

落ち着いた、まるで年上みたいな声音で、ルルさんは言う。

「カイルは、きっと帰ってくるよ。アイツも、ボクと同じくらいやさしいんだ」

なぐさめてくれたのだろうけれど、完全に逆効果だった。

私はみっともないくらい、わんわんと声をあげて泣いた。

私が帰りたいと願った日常は、カイルさんが隣にいる日常だった。

こんな、ひとりぼっちの日常なんかじゃなかった。

春が来た。

開かれた懺悔室に、暖かな陽光と風が滑り込む。

数日前に、カイルの部屋に置いてあった花冠を、ドライフラワーにして簡易懺悔室の中に飾った。

勝手なことをするなと怒られるだろうか？

いっそ、怒ってほしかった。

その日はあまりにいい陽気だったから、私は小窓の下に設けられた肘置きに突っ伏して、昼寝をしてしまっていた。

カチャリ。

信者側の個室の扉が閉められる音で、私は目を覚ました。

「す、すみません！」

私は慌てて起き上がり、聖職者側の扉を閉めて、小窓に向き直った。

カーテンは閉じられていた。顔を見られたくないタイプの信者みたいだ。

「主よ、聖なる七人の女神よ。どうかこの者の懺悔を、私とともにお聞きください」

懺悔前の定型句を口にして、私は小声で「どうぞ」とささやいた。懺悔を話しはじめるタイミングがわからない信者もいるのだ。

しばしの沈黙。

衣擦れ音と、カチャカチャという、機械的な足音が響く。義足だろうか？

耳がいいのと、あと密閉空間というのも相まって、私はよく信者の姿を想像することが多かった。勝手に想像するなんて、すこし失礼かな、と思ったりもするのだけれど。

程なくして。

信者が話しはじめた瞬間に、私の世界は真っ白に染まった。

「小さな懺悔が、いくつかあります」

男性だった。

聞き覚えのある声だった。

「ひとつは、遠い異国で治療を受けていたとき、食事中にオロレアでの日々を思い出して、懐かしさのあまり思わず『ブハッ！』と思い出し笑いをしてしまったこと。もうひとつは、王都を案内すると約束したのに、それを守らずに傍を離れたこと……俺が犯したこの大罪は、赦してもらえるものでしょうか？」

「…………あ、……あ、ぁ…………」

「た、ただですね。これは完全に言い訳なんですが、そもそも自分は帰ってこられるとは思っていなかったんです」

珍しく慌てた様子で、男性は言う。

その、懐かしい声を聴きながら、両手で口を押さえる。

こうでもしないと、感情があふれ出てしまいそうだった。

「たしかに、『おまじない』をひとつ胸に刻んではいました。【解消魔術(イレイズ)】という魔術を消去する魔術です。魔術好きの俺が発動する鉱魔術であれば、少なからず魔術の要素を含んでいるだろうから、それを施しておいたら、自分の心臓が潰される瞬間に鉱魔術が解除されるんじゃないかと。そんな一縷(いちる)の望みを……いや、未練を賭けてはいたんです。でも、まさか本当に成功するとは思っていなくて——いや、ちがうな。そうじゃなくて、こんなことが言いたかったんじゃなくて……」

ガシガシ、と頭をかく音。言葉を選んでくれているみたい。

数秒ほど思案した後。

「……イルベルで」

と、男性は口を開いた。

「イルベルではじめてお会いしたとき、昼食も摂(と)らずに俺を待っていてくれましたよね？本当はその場で言いたかったんですが、そのタイミングだと『お腹(なか)の音を聞かせてくれてありがとうございます』、みたいな変態的な意味に取られかねないと思って。言いたくても言えなかったんです。忘れていたわけじゃない。ずっと、ずっと言いたかった」

区切って、男性は言う。

微笑(ほほえ)んでいることがわかる、やさしすぎる声音だった。


「待っていてくれて、ありがとう——それと、『ただいま』」


直後。私は扉を開けて、信者側の個室に飛び込んでいた。

彼の姿がどうなっていたか、どう変わり果てていたかは、わからない。

彼の胸に飛びつく前に、私の視界は涙で水没していたからだ。

けれど、抱きついた彼の体温は、記憶の中にある彼のソレと変わっていなかった。

「おかえりなさい」

抱きつきながらようやく絞りだした言葉は、自分でもドン引きするくらい鼻声だった。

全部に濁点が付いているような感じ。

フッ、と鼻で笑う彼。ムッ、とすこし怒って見上げようとすると、骨張った大きな手が頭をなでた。

そんなことがうれしくて、私はまたも溺れだした目元を隠すように彼の胸に顔を埋めた。

小鳥が、なにかを祝うようにさえずる。
朝を告げる、ひばりだった。ナイチンゲールじゃない。
ひとりぼっちの夜は、もう来ない。

私がやってきたことを、まかり間違っても救済などと謳わないでください。
いままでの轍は、すべて自己満足。
大切なひとに再会するまでの、ただの時間稼ぎだったのですから。
（ロゼリア／『生命の聖女』、ファリス教修道女）

〈了〉

# あとがき

みなさま、はじめまして。もしくは、お久しぶりです。秋原タクです。

前作から丸二年かけての新作となりました。前作のラブコメから打って変わってファンタジー作となりましたが、楽しんでいただけましたら幸いです。


書くことがないので、早々に謝辞を。

イラストを担当してくださった瑞色来夏先生。本作のキャラクターたちに瑞々しい命を吹き込んでくださり、ありがとうございました。絵にしていただけたことで、全キャラがより一層好きになりました。キャラ造形のかわいさ（カッコよさ）はもちろん、服装や武器の意匠、ファリス教の紋章の意味合いなどまでをも考えてデザインしてくださっていたのには、心底敬服させられました。『プロ』とはこういった方のことを言うのだろうなと素直に思った次第です。自分も立派なプロを目指してがんばりたいと思います。

本作に携わってくださった編集部のみなさま、並びに担当さん、本当にありがとうございました。特に担当さんには、新作企画案に悩んでいたときからすごくお世話になってしまいました。本作を刊行できたこと、感謝してもしきれません。

最後に読者のみなさま。本作を手に取ってくださり、本当にありがとうございました。下げる頭が足りません。色々と試行錯誤を繰り返して生み出した本作、ほんのすこしでも気に入っていただけたら幸いです。

それでは、またどこかで。

秋原タク

# 見習い聖女の先導者

著　秋原タク

角川スニーカー文庫　23644
2023年5月1日　初版発行

発行者　山下直久
発　行　株式会社KADOKAWA
〒102-8177 東京都千代田区富士見2-13-3
電話　0570-002-301（ナビダイヤル）

印刷所　株式会社暁印刷
製本所　本間製本株式会社


Printed in Japan　ISBN 978-4-04-113645-4　C0193

★ご意見、ご感想をお送りください★
〒102-8177 東京都千代田区富士見 2-13-3
株式会社KADOKAWA　角川スニーカー文庫編集部気付
「秋原タク」先生「瑞色来夏」先生

# 角川文庫発刊に際して

角川源義

第二次世界大戦の敗北は、軍事力の敗北であった以上に、私たちの若い文化力の敗退であった。私たちの文化が戦争に対して如何に無力であり、単なるあだ花に過ぎなかったかを、私たちは身を以て体験し痛感した。西洋近代文化の摂取にとって、明治以後八十年の歳月は決して短かすぎたとは言えない。にもかかわらず、近代文化の伝統を確立し、自由な批判と柔軟な良識に富む文化層として自らを形成することに私たちは失敗して来た。そしてこれは、各層への文化の普及滲透を任務とする出版人の責任でもあった。

一九四五年以来、私たちは再び振出しに戻り、第一歩から踏み出すことを余儀なくされた。これは大きな不幸ではあるが、反面、これまでの混沌・未熟・歪曲の中にあった我が国の文化に秩序と確たる基礎を齎らすためには絶好の機会でもある。角川書店は、このような祖国の文化的危機にあたり、微力をも顧みず再建の礎石たるべき抱負と決意とをもって出発したが、ここに創立以来の念願を果すべく角川文庫を発刊する。これまで刊行されたあらゆる全集叢書文庫類の長所と短所とを検討し、古今東西の不朽の典籍を、良心的編集のもとに、廉価に、そして書架にふさわしい美本として、多くのひとびとに提供しようとする。しかし私たちは徒らに百科全書的な知識のジレッタントを作ることを目的とせず、あくまで祖国の文化に秩序と再建への道を示し、この文庫を角川書店の栄ある事業として、今後永久に継続発展せしめ、学芸と教養との殿堂として大成せんことを期したい。多くの読書子の愛情ある忠言と支持とによって、この希望と抱負とを完遂せしめられんことを願う。

一九四九年五月三日

すめらぎひよこ
illustration
Mika Pikazo
background painting
mocha
ep.1
魔王城、燃やしてみた
我が焔炎にひれ伏せ世界
12年ぶり「大賞」受賞作!
最強爆焔娘の異世界コメディ!
(あわよくば何か燃やしたい……)という欲求を抱いていたホムラは異世界へと招かれる——。燃やすことこそ大正義! 焼却処分はエクスタシー!! 圧倒的火力で世界を制圧していく残念美少女ホムラの行く末は!?
第27回
スニーカー大賞
大賞
The Devil's Castle, Burning
By my flame the world bows down
スニーカー文庫

地下鉄で美少女を守った俺、名乗らず去ったら全国で英雄扱いされました。
水戸前カルヤ
ill. ひげ猫
彼のおかげで、私はどうにか助かることができました
でもそのヒーローって、俺のことなんだが!?
高校受験の帰り道、涼は地下鉄で突如通り魔に遭遇した。転んだ少女を庇うため咄嗟に戦い勝利するも、疲れてそのまま家に帰った翌日、涼が目にしたのは――テレビに映った美少女が自分の事を英雄と呼んで探していた。
スニーカー文庫

転校先の清楚可憐な美少女が、
昔男子と思って一緒に遊んだ幼馴染だった件
Hibariyu
雲雀湯
illust シソ
重版続々!!
元"男友達"な幼馴染と紡ぐ、
大人気青春ラブコメディ開幕!
作品特設サイト
公式Twitter
7年前、一番仲良しの男友達と、ずっと友達でいると約束した。高校生になって再会した親友は……まさかの学校一の清楚可憐な美少女!? なのに俺の前でだけ昔のノリだなんて……最高の「友達」ラブコメ!
スニーカー文庫